U0745285

为文有时

刘君 著

天下万物皆有时
播种有时
收获有时

山东教育出版社

图书在版编目（CIP）数据

为文有时 / 刘君著 . — 济南：山东教育出版社，
2020.4

ISBN 978-7-5701-1012-4

Ⅰ. ①为… Ⅱ. ①刘… Ⅲ. ①散文集 – 中国 – 当代
Ⅳ. ①I267

中国版本图书馆CIP数据核字（2020）第037652号

WEI WEN YOU SHI

为文有时

刘君 著

主管单位：山东出版传媒股份有限公司

出版发行：山东教育出版社

地址：济南市纬一路 321 号 邮编：250001

电话：（0531）82092660 网址：www.sjs.com.cn

印 刷：东港股份有限公司

版 次：2020 年 4 月第 1 版

印 次：2020 年 4 月第 1 次印刷

开 本：710 毫米 × 1000 毫米 1/16

印 张：19

印 数：1–3000

字 数：235 千

定 价：48.00 元

（如印装质量有问题，请与印刷厂联系调换）印厂电话：0531–82098710

刘　君 / 布面油画 / 70cm×50cm

　　一生或许有很多漂泊，但回头只有一个，此心安处，不管它叫故乡还是异乡。

目 录

|为|文|有|时|

—— 且行且欣赏 ——

贠则宇 / 布面油画 / 100cm×100cm

对于我们，可能仪式比形式更重要，时不时放下手中的六便士，抬头看一看月光，足矣。

刘　君 / 布面油画 / 50cm×50cm

把时间浪费在美好的事情上，
忙，也要忙得其所。

且叹且感动

贠则宇 / 布面油画 / 60cm×90cm

大自然和灵魂，都是难以穷尽的词语。

且品且玩味

刘　君 / 布面油画 / 50cm×50cm

小王子提醒我们，看世界的
眼光是"孩子"还是"大人"？

且品且玩味

为文有时，感而发之

这是一本编辑手记。

什么叫手记，或手记是什么？手记是一种文体，其格式类似于日记，是有感而发或随心所欲写出来的东西，但手记往往比日记更有内涵、更显功底，同时是可以公开发表的、不带私密性的东西。简而言之，手记就是亲手或随手记下的东西。

以此可以类推编辑手记的定义：编辑于审稿、编稿时随手记下的东西，诸如编者按、编者的话、编前语之类，都可称之为编辑或主编手记。

我个人写作与阅读的经历和经验里面，特别喜欢20世纪80～90年代周介人先生为《上海文学》写的编者的话。之所以特别喜欢，不单是它对我个人创作的褒奖与提携——评论界馈之本人的"当代赵树理"及"民间歌手"便出于此，主要还是它对当时文学思潮及流派高屋建瓴又提纲挈领的归纳与概括，对创作与作品的评点与指点，导读又导写，还有它极具个性化、感性化的文字；从而使读者得收益，作者受启发，刊物具品位。诸如它当年提出的"新乡土小说""新市民小说""文化关怀"等等，后来都成为谈论当代文学史绕不过去的现象和话题。另外，也不是我一个人说它好，我所认识的凡是在《上海文学》发过东西的省内外同行及诸多评论家都说它好，认为那个时期的《上海文学》编者的话，是一道无可替代的风景，换谁写都不灵！

这就给我一个启示：编辑手记或编者的话，是一本杂志或一个版面的灵魂，是标志性、风向性的文字，不好写，非得有很高的境界、很宽的眼界、很深的功底而不可为。

我喜欢的第二个"编者的话"，便是刘君为《大众日报》"丰收"副刊所写的编者的话，刘君是谁？刘君是服务和主持这个版面的编辑，是山东文坛上邻家小妹式的青年散文家，当然也是本人忘年交的朋友。我曾开玩笑地说过也被别人经常引用的有关她的一句话是："这个青年一点毛病也没有，凡是攻击她的人一般都不是什么好人。"

说是玩笑话，其实也有一定的背景，那就是在文坛上混个好人不易，特别于山东的文坛上。无论你有多么高的文学成就，也无论你在社会上多么的德高望重，几十年下来，差不多都伤痕累累，乃至遍体鳞伤。抗击打能力强的，尚能一边舔舐着伤口，一边继续前行，攀登着自己的文学高原或高峰；心理承受能力差点的，一般也就心灰意冷或身心交瘁，无须多久即渐行渐远、销声匿迹了。为何如此？原因较复杂，可以追溯到当年阶级斗争乃至"文革"的大气候，也可以追究到文坛上的政治生态，还可以追索到社会转型之后个别人仍存留着"文革"思维，善于将羡慕嫉妒恨付之于行动……故而，我时常呼吁并从自己做起，对青年作家和文学青年，一定要好好地保护他们，至少不要无端地伤害人家。文学创作都是个体劳动，互相之间并无多少交集；著名作家也没有名额或指标限制，他出名或著名，一点也妨碍不了或影响不着你出名或著名。而青年作家与文学青年如何尽量免受伤害？我的经验是：零距离地拥抱文学，有距离地面对文坛。刘君对此心领神会、身体力行，故而人缘、名声都不错。

我说"第二喜欢""丰收"版上的编者的话，是因为它与我的"第一喜欢"有异曲同工之妙。"同工"的是，作者都有较高的眼界、境界与功底，都能导读与导写。"异曲"的则是后者更以感性而不是理性、随意而不是故意或故作见长。

首先，她不是对作品一般的点评，而是由此生发出甚至作者也意想不到的意韵。点评与评介，可以起到导读的作用，对读者有用；生发与联想，则可起到导写的作用，对作者有用。她的生发，还不是理性的阐释，而是给你一种感性上的意念：妈妈说爬山比散步好……旅行中，对妈妈的话有了别样的体会；人在室内待久了，容易起怨言，在大自然的怀抱中，却会感恩；有爱自己的人，有人可爱，反而容易知足。也许，自然太广大和丰富了，每个人都能在那里找到与自己的心灵相对应的启示。

这样的文字，你肯定会有所启发，有所顿悟。你再写类似的文字的时候，差不多就会想起来，从而使自己的写作逐步走入艺术自觉，也使自己的文字多一些信息或含金量。刘君在一篇手记里说："喜欢什么样的散文，这是见仁见智的事情。而真正好的散文，不在乎整体的优美，不在乎它写了什么，告诉了读者什么，而在于让读者想到了什么，有多少唤醒。"——她的手记也大都有"唤醒"的功能。

其次，刘君是将手记当散文写的，完全是感性的语言，生活的细节，即时的感悟，既随意，又空灵，放得开，又收得拢。编者的话不能离开作品自说自话，一个版上四、五篇文章，互相之间并无关联，当然不一定每篇文章都点一下，可哪怕只点一两篇，只说三两句，也容易让人有"东拉西扯"之感，如何将它们拢到一块儿，捏在一起，并能抽象出一种感悟或意念，这是一种功夫。刘君善于用自己的生活细节穿插其间，用一些看似无关的随想将其拢到一块儿："昨天是农历七月七的乞巧节，表姐打来电话，烙花了吗？这是胶东过七夕的一种风俗，用花模子做出小兔小狗、牡丹荷花之类，在平底锅里烙熟，有一点淡淡的甜的面果非常好吃。表姐还说她今年'乞巧'之后又在葡萄架下听牛郎织女的悄悄话了，可她什么也没听到……你看，'夏季'还是这个世界上最浪漫的词汇。"

"九月，是月亮最美的时节。借着中秋的光，它圆满、明亮而又清凉。借了月饼的灵气，它明艳、柔美，清辉里流溢着蜜样的甜。"

"眼下，草长莺飞，清明气和，是一年中最好的季节。可是有太多的怀念沉淀在空气里，呼吸之间就多了一丝沉重。"

她说时令、说季节、说节气，说下雨、下雪，说一阵秋风掠过，说此时正打着字，如此信手拈来的小插曲，就将那些看似东拉西扯的文字粘连、融合在了一起，既轻巧随意，又格外显灵气。

不免就说到《为文有时》的书名，乍一听不明白，仔细一琢磨，哎，还挺有意味儿。"为文有时"的句式，应该是出自《圣经·旧约·传道书》的第三章：凡事都有定期，天下万物都有定时。生有时，死有时。栽种有时，拔出所栽种的，也有时。杀戮有时，医治有时。拆毁有时，建造有时。哭有时，笑有时。哀恸有时，跳舞有时……这里的"有时"可以理解为定数，一切都由上天注定，不是自己说了算的；也可以理解为时令或节气，万事有定期，万物有定时，如同"白露早，寒露迟，秋分种麦正宜时"一样，过了那个节气再种不灵了。就为文而言，你就是理解为"有时"的本身也无妨：天下文章不是天天都写的，是有时写，有时不写。

作者嘱我写此小序的时候说："尽管我努力写好，可是回头看看，还是失之琐碎，囿于版面上的文章，单拎出来显得单薄和模糊，但实际上它也就是为版面服务的，于我而言，更大的收获在于一段时光的记录。"作者自己有此清醒的认识，我也就不再说什么。

是为序。

刘玉堂

炫然绽放的华彩

——刘君印象

刘君的本职工作是报纸副刊编辑，而且一编就是十多年，是省内外有名的"版主"。一说"版主"，可能会给人一个老气横秋的印象。其实不然。她大概有四十来岁，看上去却像三十不到的样子，用时髦的话说，是一个"逆生长"的典型。

这是一个外表俏丽灵秀的女子，好像来自江南。但其实她是地道的北方人，给人的感觉也是落落大方的。俏丽灵秀一般会与机敏活泼联系在一起，与落落大方很不搭界，两者统一在刘君身上，成了一个小小的奇迹。原因在于，她待人接物、为人处事，眼神是温婉的，话语是善解人意的，一举一动十分得体。她总是那么一副尊重和理解的表情，谁能不感到温暖、踏实呢？难怪许多文化前辈都发自内心地赞许："刘君是一个没有缺点的人。"

这是一种涵养。人的涵养或许有些许遗传因素，但更多恐怕还是后天养成的。她在这样一个"主"的位置上不带一点傲气，也没有嗲声和矫情，可能源自她的天性，更可能与她喜欢读书，与她常年接触文化前辈有关。人在书海里，心会变得很宽很静；与那些阅尽人间风霜终归平淡的前辈在一起，总会受到娴静、达观、优雅和文气的浸染。当然，那些不怎么样的所谓"文人"，也会给她一种提醒，让她从另一个角度审视和警惕自己。于是，涵养就日积月累起来了。

更重要的是，她写散文，也写诗。她的散文和诗都有一种唯美的情绪，追求一种没有任何杂质的纯净，即使对其中一个不妥的词句也心存戒备。如果出一本书，她对内容自不必说，对版式、字体，对设计、装帧也一点都不含糊。她说："我是一个完美主义者。"这些，从她的诗文中我们都可以很明显地感觉到。

时下有不少自我标榜的"完美主义者"，但那多是苛责别人的理由，对自己则只是停留在离嘴角不到两厘米的地方，自身言行常常让人意想不到的作呕。刘君是一个言行一致的人，很澄澈，很通透，对自己的要求远高于对别人。这实在太难得了。

这样的人大概总是跟在潮流后面的，永远不会站立潮头，过那种纵横开阔、大红大紫的生活。但她在沉静安然中也不是随时光顺流而下，她的涵养和修为不允许她让生命的意义归于空洞的茫然。她吸纳日月之光辉、自然之秀色、人情之温暖、艺术之美好，涵蕴于心，到了时候必然会流泻于外，灵光闪动，让熟悉的朋友睁大了眼睛。

果然，一边写散文一边写诗的刘君，一次突然向我展示了她的书法，让我着实吃了一惊。我不懂书法，无法从功力或者别的什么角度去评价，但我喜欢那满纸的清秀，那清秀中透出的细细墨香。这样的字，只能出自一个有涵养和修为的女子之手。在我的视界之内，则只能出自刘君之手。又过了不久，她竟又向我呈现了绘画作品，是水彩画和水粉画，是映入眼帘的姹紫嫣红和回旋耳际的山水清音，是人们常常在梦中见到的仙境。今天，她让我看的则是油画，是她临摹的几幅西方名画。画面上，西洋美女变成了中国名媛，而且穿上了唐人的霓裳。这种跨越时空的想象，让我看到了一个艺术家超乎常人的创造力。

这真是一个让人吃惊的精灵，她长期蕴蓄的华彩自然而然地炫然绽放了。

看着刘君，我想起了人们常说的一句话："艺术都是相通的。"我相信这是一个真理。但在一个人身上，能够贯通不同的艺术门类，除了天赋，除了技巧，恐怕还在自身的涵养，就像火山的熔浆、习武之人的内力一样。这个娇小的女子，真是不可小觑。她还会给我们制造什么惊奇，我一时真的难以想象。

张期鹏

且行且欣赏

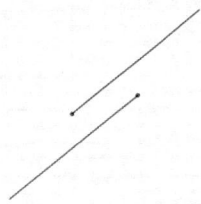
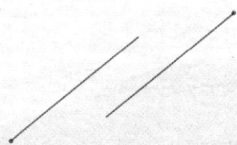

诗和远方，也可以近在眼前

"这个溶洞有多长？"

"一座山那么长。"

云南普者黑仙人洞前，一个老乡很笃定地比画给我。

在城市里生活久了，哪里知道一座山有多长，一条河有多深，习惯了五十米或者三公里，习惯了一切以枯燥的数字呈现，时间是钟表上的数字，温度是空调上的数字，财富也只是一串数字，而眼前，我们要撑着船去丈量那一座山一样长的溶洞，细雨拂面，阳光在云层后躲躲闪闪，新鲜的感觉像水面初绽的荷花，沁透肺腑。

用不一样的话语把这个世界重新描述一遍，再把这种描述呈现给读者。这是一个写作家应该做的。

倒不一定非要像法国作家福楼拜所说："你所要表达的，只有一个词是最恰当的，一个动词或一个形容词，因此你得寻找，务必找到它，决不要来个差不多，别用戏法来蒙混，逃避困难只会更困难，你一定要找到它。"

这究竟是个什么样的词呢？木心把它引伸为不但要准确，而且要美妙。

在我看来，能少一点数字，多一些可触可感的山水在里面，就有几分秀色可餐了吧。

在屏边的大围山上，我站在一棵树前，盯着看了好久。云南真的是个神奇的地方，每一次来，感觉都像是第一次。天空充满魔性，有云朵的时候，完全是在上演巨大的舞台剧。土地也充满魔性，数不清的奇异植物，眼前的这棵树，要几个人才能合围，完全被苔藓覆盖，零星的菌子在其间出没，一棵树上长出好几种叶子，连绵的雨水让它散发的气味更加浓郁纯粹，那一刻恍然，这就是古人所说的"物我相近"吗？

一个山民路过，见怪不怪。叹口气，这有啥好看的，天天看，早就看够了。你们那里有海吗，海好看啊，我们倒想去看海。

有只鸟好像正在树梢上窥探我们，和它隔着密密的树叶对望，树的气息散发到空气里，弥漫在整座森林里。原来，我们都是彼此的诗和远方。

也许生活节奏太快了，悬浮在尘埃里的一颗心总是难以安宁，如同时钟一样，规规矩矩地摆渡了一天又一天，就这样习惯无聊。

远方给我们提供了熟视无睹的生活中的陌生感。它更像一剂药，可以医治焦虑。

站在高原，眼界会一下子开阔起来，整个身心也飞驰起来。体会到晚年的王维，那种"小我"渐与山水自然合体，体内的生物钟被一只无形的手拨慢，停下来看天、看云……

客栈的婆婆煮了新鲜的玉米，一定要我吃下去。从她的眼睛里，看出她不是客套，仿佛捧的不是玉米，而是把一颗心捧给我。

写作之人也应该是这样吧，捧出一颗真心，不粉饰，不虚妄，唯有真挚，方可动人。

就着近旁的浮云，把每一个玉米粒都嚼碎了咽下去，嚼着咽着，一颗心慢慢熨贴。

诗和远方，可以远在天边，也可以近在眼前。只要我们能安静下来，用心体会。"你没必要离开屋子。待在桌边听着就行。甚至听也不必听，等着就行；甚至等也不必等，只要保持沉默和孤独就行。大千世界会主动走来，由你揭去面具。它是非这样不可的。它会在你面前狂喜地扭摆。"

可我还是更愿意，一次次跋山涉水，为了那有可能的不期然的偶遇；一次次归家，安心于温暖守望的灯光。打字的这一瞬间，我突然想到那个滚石上山的西西弗斯，竟然不那么同情他了。

此心安处即故乡

对于有故乡的人可以感慨，有的地方，总是在离开之后，才变得面目清晰起来。

鲁迅先生就曾经屡次忆起儿时在故乡所吃的蔬果：菱角、罗汉豆、茭白、香瓜。他说，凡这些，都是极其鲜美可口的，都曾是使他思乡的蛊惑。

鲁迅先生还说，这些"它们"也许要哄骗我们一生，使我们时时反顾。

我也想要被哄骗一生，可我不确定哪里才是我的故乡。父母的出生地于我是陌生的，而生长于西北的我，又仿佛被放逐般，它的广大让我始终难以亲近。更何况消费时代更"新"速度之快，真如王朔在小说中所写，羡慕那些乡村来的孩子，因为在他的那个"大城市"里，一切都是日新月异的，昨日的痕迹今日便会被抹平，什么都没有留下。

大学时迷恋三毛，对于一生都在行走的三毛来说，所念之人在哪里，哪里就是故乡。所以她能潇洒豁达地写下"不要问我从哪里来，我的故乡在远方，走遍千山万水，只为寻找生命的归宿"。

是啊，没有谁规定故乡一定要被限制在一块固定的土地上。

把"为人类写作"作为毕生信念的萧红，在国破家亡的年代用激情澎湃的文字写道："我只愿蓬勃生活在此时此刻，无所谓去哪，无所谓见谁，那些我将要去的地方，都是我从未谋面的故乡；那些我将要见的人，都会成为我的朋友。"

大地从不拒绝任何人，星辰大海都可以是我们的故乡。

我的儿子天天小学时写过一篇作文，他认真又笃定地写道，我的家乡是济南，它有大明湖还有千佛山，我家就住在千佛山脚下。

或许，父辈的四处迁移就是为下一代创造一个故乡，一个保留人生最初记忆的地方。

这是每一个人必走的来路，却并不一定是每一个人都能回去的归途。

"每个离开的人都会心碎。'我有一天会回来'，他们都写道。但是从未有人真的回来。旧的生活太小了，它不再适合任何人。"美国作家安妮·普鲁说出了当代人的心声。

也许，比起靠回到一片固定的土地上来获得心灵的安稳，我们更应该找到令灵魂得以寄托的精神家园。它可以是某种信仰、某项事业、某份坚持，它可能早已深深根植在我们心底，只是我们还未察觉，它也可能正等待我们去发现，重要的是我们要有面对真实自我的决心与勇气。

四九五九，天气依然寒冷，地上仍是落叶，但风里已有一丝清新的气息。你闭上眼睛闻，是季节交替的味道，已是万物预备醒来的隐秘时分。一群随着小区建成才驻扎的鸟雀热烈地在树间叽叽喳喳，我想翻译过来大概会是——此心安处即故乡。

倘若有一刻让你忘我

旅行是累人的，但倘或有一刻让人忘我，大概是旅行最大的价值。

即使大冷的天儿，漫步于京都的鸭川河畔，一下子被盘旋起伏和大声和鸣的鸟雀们惊呆住。

它们的飞行轨迹看似散漫，上下左右地俯冲，升起降落，莫名的十字交叉，又好像有什么玄机在里面，涂鸦某种文字似的。叫声相对易懂，一声一声接力，元气充沛，没有瞬间的余裕。悠闲的天光被叫亮，又被叫暗，云在头顶的极高处端望，水面上波光粼粼，结对的绿头鸭游弋。清新的空气像水流一样从鼻腔灌入，在体内千百流转，又携着浊气被呼出，身体轻盈起来。啊，愉快，这样愉快，便是诗了。

想起雪莱写云雀的诗，其中有几句："瞻前复顾后，忽忽若有失；开颜恣欢笑，中心苦郁结。歌声最甘美，含意最悲切。"

是啊，诗人的神经太过敏锐。无论怎样幸福，总不能像鸟儿那样全身心地、投入地、忘我地高歌自己的欢乐。

而旅行中的我们，像猫忘记了捕鼠，蚂蚁忘记了搬家。听到鸟鸣时心里毫无苦痛烦恼，看到依旧枯黄的草也觉得欢喜雀跃，行走中，所见所闻都有趣。只把眼前的风景当作一幅画看，当作一首诗读。不去想这幅画可不可以获利，也不去想这首诗可不可以果腹。风景的尊贵于此，在刹那间陶冶性情，沉醉忘我。

这样说来，中国的古诗早已深谙此道。"采菊东篱下，悠然见南山。"陶渊明的这两句，就出现浑然忘我的一刻。而"独坐幽篁里，弹琴复长啸。林深人不知，明月来相照。"王维的这二十个字里，卓然建立了另一个天地，这天地是在权力、义务、道德、礼仪孜孜以求之后忘却一切的世界。

生活总是意味深长。就像劳作一天后，回家要安心小酌一杯。一位律师朋友向我索画，指定要一幅风景，绿色越多越好。见惯了机器总会想要闻一闻泥土的味道，21世纪的我们也还是愿意看千百年前的古老戏剧。

虽然只是暂时地逍遥一会儿，陶渊明不可能一年四季望着南山，王维也不会乐意不挂蚊帐在竹林里睡觉。但热爱的人会继续热忱地走在路上。因为"没有一种生活高于另一种生活，每种生活都有其代价，只是自己的选择罢了"。

而最终，这些感知将以文字呈现，每个句子、每个字都会斟酌再三，并且反复地默念，讲究文字的节奏和韵律，讲究文字的构成形式。

仿佛炼丹，在文学的冶炼炉中锻炼金丹，在想象的熊熊炉火中观看另一个真实的世界。

真的要庆幸有散文这种文体。它没有小说的虚构，也没有戏剧的冲突，甚至诗的抒情，但它基于一个真实的感受和事件，起于心中，落在纸上，仿佛两倍的快乐。除却泛滥的鸡汤，它才应该是更接近生活的。

世界不仅仅在我们周围，同时也在我们脑中。希望更多的人逆流而上，图像让位于语言，语言让位于文字。文字具有自身的生动性，也具有可以琢磨的想象空间。而最好的表达，是立刻行动起来。

触摸一次，比想象一百次更有效

仿佛一定要去山上和花花朵朵击个掌，得到回应，才能明白无误地确认春天真的来过。

城市太大，春天的味道总是不够浓烈，一阵风，花香便无影无踪。

所以一位哲学家曾劝他的学生回小镇生活，不要跻身于大城市，大城市里氧气稀薄。

倒也不是真的呼吸困难，而是指一种生活状态。

在拥挤喧哗的城市，获取的大都是二手知识，触碰的是时代流行之物，什么时尚、网红、刷屏、穿越、炒汇、理财、新科技新理念，一刻不停地灌输，不留一丝缝隙。

大脑失去了原创的能力与激情，也没有思考大事的余地。

那些泥土、花草、树木、空气、阳光，那些一直伴随着生命的本真、鲜活的东西，消失在眼前。这样的人生多么局促狭隘。

再不吸氧就要窒息了。春天大概就是这样一个季节，提醒着人们，而人的趋光性、趋氧性和万物一样，会在这个时候表现得格外强烈。只在广西贺州待了短短几天，山水风物之间，眉目已然清明起来。

正值小雨连绵，到处湿漉漉的，青色逼人，连空气都是绿的。

在热闹的城市里很难露面的青苔，这里随便一个村子里就能看见。

这种对空气质量要求苛刻的植物，与城市中的人类相处，对它来说颇有难度。

而在植物的世界里，一直其貌不扬的它，不如鲜花耀眼，也不似树木高健，低调卑微得像是永远的配角，在这里反而成了真正的主角。小路，廊下，屋檐，地角，雨水霏霏，阳光灼灼，仿佛只是为它的展演来做尽职的场务。

俯下身来，细细打量。没有比它更柔弱的身躯，也没有比它更固执的心性。

"白日不到处，青春恰自来。苔花如米小，也学牡丹开。"这是300年前袁枚为它写的诗。读时却暗生担心，来旅游的人越来越多，它有一天会不会消失。

还有藏在这绵延千年的苔藓和青石板里的小小村镇。清澈的天空下，如丝如缕的清风正摇荡着树木的新叶与枝条，远山默默，只留一个淡淡的剪影。

沿街的下水道边，有一个年轻的女人在刷洗鞋子，大大小小的几双，她认真地，头也不抬地一下一下刷着，清可见底的水中是俯仰摇曳的水草，每刷完一只，她就顺手把它挂在身后的篱笆上，透过篱笆，可以看见里面四方的菜园，一边是开了黄花的油菜，一边是白萝卜，下过雨的缘故，它们几乎都有一大半露出在地面上，头顶着青绿的叶子。

时间好像变慢了。

广西贺州是长寿之乡，这个叫秀水的村里留守的大多是老人。他们从地里摘几把青菜，屋里粮缸里装几瓶黄豆，摆在路边或桥边，如果你喜欢就带点，不带也没关系，他们一边聊着天儿，一边择着菜，自己也要吃。

那神情和语气，安详平淡，"如果用文艺的语言来表达，就是有一种岁月安稳、人世静好的美感"。

过客的眼里，这就是诗和远方吧。

同行的朋友作过一个总结。身边有成就的人百分之八十都是农村出来的。他们天生接触土地，能嗅到的、看到的、触摸到的都是自然。有足够的感知，蓄积的能量够，自然有爆发的时候。这种储备很重要，城里孩子缺的就是这个。

写作者缺的可能也是这个。触摸一次，比想象一百次更有效。

此行最难忘的画面，一段矮墙上蓬蓬勃勃的葫芦苔，细弱的茎叶在阳光下仿佛透明，头顶着不知是露珠还是雨珠，每一个都折射出五光十色的世界。多美好。

用第三只眼睛看世界

前两天去夏津，去之前脑海里已然铺陈开同事的描述：

硕大而古老的枣树，枝繁叶茂，果实累累，枣子的味道有十种之多，大小也全不一样……

觉得好像不是要去一个叫夏津的地方，而是慕名去赴一棵枣树的约会。

远方，吸引我们的到底是什么？

哈利·波特热后，伦敦国王十字火车站第9与第10月台之间的九又四分之三月台一下子火了。全世界的哈迷们颇费一番周折地找到那里，总会忍不住去推一下那辆半截嵌入墙的手推车，虽然每次都没有奇迹发生……

在遥远的加尔各答，有一个气派的园子，几千米那么大，清洁、宁静、草坪、大树绿意盎然，漂亮古朴的红色二层小楼上爬满藤蔓，有朝圣者会忍不住吟出"夏天的飞鸟，飞到我的窗前唱歌，又飞去了"。又仿佛可以听到坐在窗前的泰戈尔轻轻说"世界如一个路人似的，停留了一会，向我点点头又走过去了"。这里与外面的混乱、喧嚣、污浊完全是两个世界。

我和同事海燕相约在四十岁之前去趟巴黎，而且一定会带着《带一本书去巴黎》的书，去印证一下是否如林达所言"一个转弯，圣丹尼教堂就像一个饱经沧桑的历史老人那样，闭着眼睛，站在那里"。想去印证一下是否像楚楚所写的，疯狂的理性，执着的感性，万紫千红的巴黎，无论是谁都不会失望。

也许你认为这些都太浮浅了，那我们对故乡的情感呢？

爱故乡，是因为那里的空气、那里的水？还是因为高兴、生气、打架、相爱的童年记忆？

我们最真实的心理或许是这样：物质之外一定还有什么，可见之外一定还有什么，牵引着我们的好恶与选择。我们爱的是第三只眼睛看到的。

它看到花瓣绽开时的欣喜，看到音符里隐藏的哀怨。它看到的不是钻石的价格，而是它饱含的爱意。它看到的不是外貌，而是灵魂。

喜欢喝酒的人有几个会说自己喜欢的是度数，是那百分之几的酒精，吸引他的只是酒逢知己千杯少的惬意与痛快，是那种晕乎乎万事皆轻的自在。

用第三只眼睛看世界，你就可以看到，文字的背后，时光如同一扇鲜亮的鱼尾，悠然一摆就触荡起情感的层层涟漪。

你问我去夏津到底有没有看到那棵神奇的枣树，当然……没有，现在还不是枣熟的季节。

栖居在文字里

如果只顾着一心奔赴目的地，我们将错失路两旁多少美妙的风景。

读傅绍万的《古意丽江客闲人》，时光的沙漏仿佛被调慢了，慢到"浮躁的心"可以静下来，可以和作者一起从容、悠闲地"坐进竹楼的小茶室，泡一杯清茶，尽情享受着室外透射的阳光"。在丽江，世俗的挤压变得遥远。作者钟情的，是崇尚速度的世界里的"气定神闲"，也是我们向往的——"芭蕉扇摇啊摇，岁月就成了轻曼的流水"。

只是，文章的结尾，一句"丽江，你警惕，资本进入了，你能抵御它的侵蚀吗？"又把我们从梦境拽回现实。

现实中，多少曾经的世外桃源已经不再。上个周末，我不知第几次去北京的798艺术区游逛，回来只有失落：这个艺术区的地标真的要从我心里抹去了。

以前的798艺术区，汇聚大量不同派别、不同画风的艺术家，废弃的包豪斯风格的高大厂房与个性的画廊比邻而居，形成了有一些新奇也有一些怪异的景象，或激情，或时尚，或怀旧，或幽默……有种荒诞的魅力。

而今，那些画廊已不知去向，到处都是人头，做生意的，开发布会的，旅游的。在尤伦斯当代艺术中心，街角的红色笼子里有三只红色恐龙，女孩子们嘻嘻哈哈地留影，红色与消失了的令人恐惧的动物，那些符号与象征的意义，现在变得戏谑般好玩。

商业的气味已侵蚀了这里的艺术纯真，这未尝不是艺术家本来盼望的，但商人们真的来了，艺术家却无奈地走了。可以肯定的是，一个没有艺术家的艺术区终究只带着"艺术"的空壳，没有灵魂。

所以，丽江，你还能缓慢和优雅多久？

或许，我们能做的就是退一步，在文字里"诗意地栖居"，用心去体味那种"慢生活"——"在这里，可以让原本不相识的人成为朋友，可以让不可能发生的感情成为可能，可以让没故事的人有故事，可以让生活匆忙的人止步于此，可以把一切不可能的事情变成可能。在这里，不懂诗的人，会诗兴大发；不懂画的人，会想涂鸦；不懂歌的人，会想唱歌；不懂爱的人，会想找真爱；不懂生活的人，会感叹生活的美好！"

在精神彻底放松的世界里，不再有粉黛，不再有功名，不再有"压灵魂的沙袋"，剩下的就是那穿越时空的花开花落、云卷云舒。

如此说来，我们或许更该走出钢筋水泥的森林，去亲近一下久违的土地和树木。看阳光穿过树叶，橙黄中黄粉黄嫩黄青黄紫黄地灿烂着。画室里怎能调出这些色彩？

该开花时开花，该结果时结果，体会生命"从无到有"的喜悦。无论是"一只雀"，还是一只毛毛虫，地球上的所有都是互相依存地生活下去，自顾自地保持着平衡。

大自然，才是最好的艺术家。

上路吧

中秋的月亮和平日的月亮有何不同？

你会说，它又大又圆，那么皎洁明亮；它温柔慈悲，那么情意绵绵……似乎多了无数奥妙。这可当真证明了法国著名小说家马塞尔·普鲁斯特说过的一句话："真正的探索之旅并非发现新的景观，而在于拥有新的眼光"。

想想月亮，千年万载还是那个月亮，去年月是此时月，今月曾经照古人。月亮不曾改变，我们看到的只是自己的心。

心里想着，也许遥遥的思念能够投射在月亮上，然后再反射下来，成为月光，洒落在亲人的身上。那村头的月亮是圆的吗？那城里的月光是明亮的吗？

与月亮有关的诗词，我喜欢阿根廷女歌手Mercedes Sosa的《土库曼的月亮》：

我歌唱月亮，／并非因她照亮了黑夜；／我歌唱月亮，／为的是她见证了我漫长的旅程。

……

孤独的月亮啊，／我俩有一点相近：／我一路走一路唱，／以这样的方式照亮大地。

歌手用一路唱下去来照亮大地，因此把唱歌转化为一种释放光明的行为，充满乐观精神。

对于写作的人而言，自然是以书写的方式照亮世界。

《不谈爱情》里，"其实世上最好的东西都是免费的，免费的空气和水，免费的清风明月，还有免费的爱情"。文字具有最简洁的美感，绝不拖泥带水。

《窃书》的开头，仿佛一个经典小说的开场："我偷了一本书。"一下子抛出悬念，勾住你的眼和心，让你不由自主地跟着它走。

法国文学批评家罗兰·巴特在论及阅读的快乐时说，产生快乐的文字，是使人满足和给人惬意的。我觉得还不够清晰，文字之所以让阅读者感到满足，除了文字的美感之外，还有一种说不清、道不明的共鸣。正如《窃书》中所言："征服我的不是什么故事、情节之类，而是'文学'，那种扑面而来的浓浓的文学的气场。这种气场瞬间把我包围了，把我穿透了，使我感受到一种酣畅的愉悦，又是无比得沉重——我好久好久没有享受这种感觉了！"

如歌手一样，"我一路走一路唱"并非浪漫的旅行，写作也是如此，冷暖自知。

像路遥那样一个人孤零零地在稿纸上进行一场不为人知的长征，几人能够？就算花开花落、雨雪纷飞，触及了内心的敏感，淘尽脑中所有的词汇，是否就会在纸上留下最纯粹的文字？

法国现代派诗人波德莱尔在《恶之花》中说：真正的旅行者只是这些人／他们永远不逃避自己的命运／他们总是说"上路吧"。

是的，不逃避自己的命运，上路吧。

哪里都有风景

其实，哪里都有风景。

蓝天白云，一望无际的草原……对你来说平常不过，在我眼中却新鲜别致；而我习惯的灰蒙蒙天气，随处可见的钢筋水泥丛林，你又觉得别有一番味道。

旅行，真的是从自己呆腻的地方去看别人呆腻的地方吗？还是，风景只在我们的心里。

上周在台湾垦丁的龙磐草原，如果有牛羊，身后便是风吹草低的景象，而豁然开朗的眼前，太平洋的碧波一眼望不到头，触目的浅蓝、深蓝在阳光下闪着金光，长年囿于写字楼的我们忍不住欢呼雀跃。而一旁的导游小伙子，一路上跟话痨似的，这一刻却黯然神伤，在失恋的阴影下，他或许只看见了《伤心太平洋》的眼泪，"风不平，浪不静，心还不安稳……"

每个人心里的风景都不一样。不一样的风景和不一样的人生，都可以很精彩。

书中也有风景。看英国作家狄更斯的《双城记》，就像骑着魔毯旅行，用好奇心探索他用敏锐的观察力和生动的描述创造出的未知世界。

以后很长的时间，伦敦和巴黎便有了狄更斯的色彩。这算不算另一种旅行指南。所以，喜欢勃朗特三姐妹的人，一定会去找《呼啸山庄》的原型地，在哈沃斯，是一个古香古色的小镇，很美。而《诺丁山奇缘》的原型书店，现在已经不是书店了，只是一家旧货店，依然吸引不少人前往。

我没去过西藏，可每读一本写西藏的书，或一篇写西藏的文章——阳光、雪山便在眼前，还有那里的人，"在加措身上，我不但看到了智慧，更看到了一颗金子般的心"。……这样奇异的"旅行"，像拾到一颗颗散落的珍珠，一点一点拼出我心中的神秘。

老天应该在某个地方保留一两处这样游离于俗世之外的天地。只有幸运的人才能遇到。

好的文章和好的风景一样，意味是完全难以穷尽的。

于是，在李海燕的《在电影院里遇见什么》里，"电影是想怎么看便怎么看。而优秀的作品（也包括电影之外的其他艺术形式的作品）最重要的标准之一，就是强大的开放性和包容性，给受者以充分想象、解读、接受、再创造的空间"。

有读者说，每每读李海燕的文章，都会找她文中提及的书来看，比如那本《奥托手绘彩色植物图谱》，会在出去玩时带在身边，好一一对照。这次你会带上这本《在电影院遇见弗洛伊德》吗？看他怎样借着《盗梦空间》，写夫妻关系中"我和我们"的斗争——为了家庭、为了另一半，可以在多大程度上放弃自我？又怎样借着《阿凡达》，写身份的认同——一个婴儿的诞生就意味着母亲、父亲身份的认同吗？绝不！年轻的父母要在抚育婴儿的一点一滴的行为中学习训练，经过千万次的希望失望、暴怒隐忍、狂喜剧痛之后，逐渐成长为一名"母亲"或"父亲"。还有借着《功夫熊猫》，他写了师徒关系——特别是青年到中年成人期，师徒双方怎样完成从入门期到熟练期再到精通期的角色关系的定位与和谐相处。

　　你看，其实我们不用走那么远，以为只有在遥远的地方，才能把喧嚣的俗世抛在身后。喜欢纸上旅行的你，不妨选一下安静的时间，泡一杯清茶，随意打开一本书或者翻开一篇文章，慢慢读。读着读着，便会沉浸在字里行间，心灵渐渐地离开书本，一次美好的漫游之旅便开始了。

谁又不是异乡人

空气中那种叫年的味道淡了，仿佛提示我们，年真的已经过去了，烟花散尽，灯火阑珊。

从故乡回来的你度过了怎样的假期？那些积攒的喜悦在抵达家的一瞬间，是更加浓烈了，还是消失了？没完没了的吃饭喝酒，谈着有聊的无聊的话题，被昔日的亲情友情包围，是更加珍惜，还是心不在焉？

我们这代人正经历着非常大的社会的、文化的及精神的断裂，也许并不自知。只觉得，年味越来越淡，仿佛吃完除夕的年夜饭就可以宣告结束了，接下来只是几天假期而已。我们和父母很少有东西可以分享，离开家乡到另外一个城市工作生活，和曾经的同学，也没有太多共同语言，在离乡和归乡的过程中心情摇摆，我们都成了自己家乡的异乡人。

我一直羡慕那些从小到大都在一个地方生活的人，或者说从来没有离开过家乡的人，他们知道更多此地的秘密，会告诉你现在鳞次栉比的楼群以前只是一片荒芜的山坡，一条蜿蜒而下的热闹街道下藏着山水沟。听着他们同学聚会的消息，小学聚、中学聚、大学聚，甚至幼儿园聚，仿佛人人都怀揣一大把看不见的财富，因为有人记得你童年的样子，记得和你之间的桩桩件件幸福的糗事。

然而，像我这样，出生在父母离开故乡而工作的异乡，自己大学毕业后又奔赴另一个异乡，真的很难有所谓故乡的归属感。所以我又很羡慕天天，他刚会写作文时，就可以认真而又理直气壮地写下，我的家乡是济南，有美丽的趵突泉、大明湖和千佛山。

他一点也不纠结。纠结只是长大以后的事情，如果以出生地作为故乡，谁又不是异乡人？我们要在一个地方生活多久才会有家乡的感觉？网络上狂转的一段话：牵手一年是恋情，牵手五年是感情，牵手十年是亲情，牵手五十年才是爱情。那于家乡而言呢，或许和时间并没有太大关系，苏东坡时代的那个聪慧女子早已感叹过："此心安处，便是吾乡。"

心安此地的异乡人，或许可以更加敏锐地感知周围的变化，既是局内人又是外来者的观察，城市的街头，移动的人群，各异的表情，不同的视角，所有的触动，流浪有多少难言的苦楚，就有多少新奇的美；离去有多么无边的孤寂，就有多么辽阔的自由。

而故乡，终将成为难以表述的地方，它在现实中面目全非，而在记忆中又清晰如昨。故乡虽然不同，可当我们思念它时，都如同天使一样。

"天使，望故乡"是英国诗人弥尔顿诗中的一句话，就是这样，很多时候，故乡真的只能遥望。当一位游子远离故土，遥望故乡时，他们的心都念旧而纯真。

异乡也好，故乡也好，我们总是希冀有这样一个地方，纯净无争，身心可以歇息，如时时可以停泊的港湾。不管走到哪里，它总会在那里。

一生或许有很多漂泊，但回头只有一个，此心安处，不管它叫故乡还是异乡。

一览众山小

说起来有点不可思议，在千佛山脚下生活了十几年，真正登上山顶似乎只有一次，还是家里来了亲戚，只好被动陪同。

反正就在身边，想去随时可以呀。大部分人都是这样的心理吧，更多时候，只是推开窗子，行个注目礼，美其名曰——我用目光抚摸你一日又一日。看山色青了，衬着窗框，俨然一幅横卷山水图；看朝云，看晚霞，看阴晴变化，这就是我的千佛山。

自以为很了解山了，及至走进山里，曲径探幽，花开花落之间，才发现另一种气象、另一种意境、另一种神秘的力量。

人间有许多道理，尽如看山。比如，山山都有石头、树木、水流、鸟声，只有真正的亲近，才能看到它的与众不同，风声水响，花香草气，甚至每一座山里，时光行走的速度和你的心跳都是不一样的。

比如，我们的出生地，家乡，故乡，若只是匆匆赶路，它不过是经过的一个站名，沉潜下来，回首来路，才发现它已是身体血液中的基因。

基因使然，所以胶东半岛人可能更具有开拓精神，不仅在春秋战国时代开拓了东北亚，近代又开拓了东北；也更迷信，因为历史上就有追逐神迹、成为仙人、追求长生不老的传统。

作为半岛人，读作家张炜的《那根命运的手指》时，一定会忍不住作番比较，"胶东半岛周边都是海，它的这种地理环境决定了人的价值取向和生活习惯，也孕育了族群个性。这里的人必须去海洋冒险，必须面对虚无缥缈的陆地边缘，在这样的环境中去想象自己的生活，去形成个人的世界观和方法论"。

我从哪里来，一个哲学意味很浓的问题，答案也像要看清山的样子，若不身临其境，就无法真正感知。

它那已有的优美和未凿的天真，四季的气息：山会的热闹，弥漫开的人间烟火味道；夏季夜晚，大佛脚下微微的凉风，以及寂寂秋冬的雨后，只要细细地闻，就会发现蕴含在土壤里的一种令人昏昏欲睡的气息，那是从植物根部发出来的讯号。

尽管如此，爱默生说，大自然是一件从来没有被描写过的事物。

同样，在字里行间的旅行，只有摒弃视而不见，自以为是，不断地思考与反省，才能时时得遇新的风景。

如今通讯各种发达，并不代表我们就有了深刻的阅读与独立思考。甚至有人说，这现象与中国的饮食习惯和信仰内核有关。

"因为自古以来，或煎炒烹炸，大脑被油糊住了；或吃糠咽菜，没有油水，进不了血脑屏障，大脑不能被健康滋养，心智也就懵住了。又通过基因代代相传。现如今，虽然有舶来快餐（也是煎炸居多），又怎抵挡得住各种味精鸡精添加剂铺天盖地进入千家万户，甚至小小一包花生豌豆胡桃仁微型零食也掺味精，真是致脑残而不自知。"

这话并不幽默。只要肯思考，生活就会呈现广阔无边的深意，那个被困在轮椅上的作家史铁生说过。

若做不到，那登上山顶，体味一下辽阔的视野带来的不同感觉，"一览众山小"，或慈、悲、喜、舍的心境，应该不会太难。

欣于所遇

"每一年的惊蛰，会有一个人来找我喝酒，他叫黄药师"，电影《东邪西毒》里，避居在沙漠里的欧阳锋如是盼望。年年如此。

而我，并没有人会在惊蛰日来找我喝酒，倒是有人，会在每年春暖花开的时节，约我赏花。

"相约"也不过是，她电话里告诉我，楼下的玉兰开了，还未到全盛，一朵朵已经婷婷玉立，像含羞的小姑娘，春风携带凉意，空气中仿佛有袅袅香气。

而我在听筒这边告诉她，院里的紫荆最沉得住气了，桃花已开得意兴阑珊，它还是一副后知后觉的模样，却会在某个清晨，突然得了口令似的，一二三，啪，全都开了，密密的花蕾堆满枝头，挤挤挨挨，好不热闹。

其实，要说赏花，是多简单的一件事。只要出了门，沿着街道一直走下去，时不时地，这花那花就随风送来一阵阵的香。

别再说忙，别再说有压力，别再说无心留意春光。如今的春天短浅得令人惆怅，一不小心就错过了。

这个周末，在山里开会之余，去游了四门塔。到的时候，天那么蓝，春日暖阳无拘无束地照过来。行走在静静的山路上，踏上那些斑驳的石阶，听风的呼哨声。

古老的四门塔矗立在白云之下。塔门洞开，菩萨微笑无语，门前千年的九顶松神态自若，新叶老干，超然物外。

下山时，太阳依然热力十足。就这样囫囵看了一圈，囫囵吹了吹山上的风，竟然很满足。这样的好时刻，其实也盼望已久。

欣于所遇，暂得于己，快然自足。或许各自心中，都有各自的欢喜吧。

沐浴在春光里，读一读这期的文章，或许有点不一样的收获：

《别人家的孩子》中，"不玩游戏，不聊QQ，天天就知道学习，回回年级第一。这种生物可以九门功课同步学，妈妈再也不用担心他的学习了……"可"他们没有童年，没有青少年，所有的成长记忆就是一次又一次考试，小升初，初升高，再争取考上名牌大学"。

"别人家的孩子"提醒我们，有时对他人的要求，看似合理，实则是强求。即便强求成功了，结果未必好。就算结果好了，一定会快乐吗？

"亲子家书"楚儿说："耐不住寂寞的孩子们还是想回国了，回去做小地方的'地头蛇'，而不要在国外谨小慎微，哪怕国内是'真脏真乱真热闹'，也不愿意寂寞地看国外的'好山好水'。"

妈妈说："其实，年轻时的游学，就是为了自己的未来积蓄能量。至于在哪里释放，远处有'好山好水'，近处有'热闹'啊。"

原来，散文还可以这样写。不必像面对广场或者讲演大厅里无数双眼睛，唯恐自己的语言缺乏鼓动性，唯恐掷地无金石之声。而是像《惜花》里这样：

上得山多终遇虎。有一回，老爸给园丁逮住了，打算交给校长处置，老爸求饶。

"放你一马也可以，"园丁说，"但你要替我浇四天水。"

"我保证做到！"老爸即道。

"一言为定。"园丁笑说。

"哪四天浇水？"老爸问。

"春天、夏天、秋天和冬天。"

老爸这才知道中计，但仍遵守承诺，做了一年课余园丁，并因而知道，摧毁一朵花容易，培植一朵花艰难。

如话家常，娓娓道来。我喜欢这句："人和花，是相同道理。"

该开花的时候开花，该结果的时候结果，一切皆在缘分之间。

停下来

　　真的不知道，在一个绝大多数信息都不可能在我们的视网膜上停留三秒的时代，你会在眼前的这些文字面前停留多久。

　　在中国，有一种建筑非常重要，就是亭子。亭子就是要我们停下来的地方，要我们不要匆匆而去，不要只顾低头赶路。

　　遗憾的是，现在亭子越来越少，几乎看不见了，过去那种缓慢的生活也被无所不能的现代化所终结。

　　我们买各种加快速度的设备，比如汽车，可以瞬间把我们带到终点，忽略的又岂是柳树发芽的模样；比如微波炉，食物烂熟得快则快矣，闻着香味口水滴答的等待却遥远得没有了踪影。节奏越来越快，生活越来越忙，而我们的感官，越来越粗糙、迟钝和麻木。

　　如果你有同感，看到这段文字，就停下手中的事情，停一下吧。

　　《圣经》上说："不要为生命忧虑吃什么，喝什么；为身体忧虑穿什么。你看那天上的飞鸟，也不种，也不收，也不积蓄在仓里，上天尚且养活它。你们不比飞鸟贵重得多吗？"

　　"你们哪一个能用思虑使寿数多加一刻？何必为衣裳忧虑？你想野地里的百合花怎么长起来，它不劳苦，也不纺线。然而所罗门极荣华时，所穿戴的，还不如它呢！"

每一次面对这段话，心里都会涌起感动。是的，在惯有的节奏中，在流水般的日子里，我们常常忘记了生命本身的美丽与神奇，忘了我们也可以和飞鸟和野草一样悠游自在，忘了很多时候我们可以停下来静静欣赏和赞美这个世界：蓝色透明的天空，形状各异的浮云，还有那各种颜色各种香味的花，风中飘荡的四季的气息，黄昏的落日，暗夜的月光……

我们忘记了，每天只是匆忙而焦虑，像乡间那只蒙上眼睛的驴，只知道绕着磨盘打转，忘了其实可以停下来，可以将脸上的布揭开。

上一周，我离开我的"磨盘"，离开电脑，离开高跟鞋，离开陈词滥调，在闽赣的山水之间游走。

短暂的时光里，我们在鼓浪屿铺满音符的小巷里，在三清山的群峰峭壁，在顺流而下的竹筏上，在庐山星光闪闪的夜晚……脱掉盔甲和重负，让快乐和平静尽情释放。

不过，一种有趣的说法认为，陌生人之间至少要相距 3.6 米，才不至于引起双方的不安或不爽。以3.6米为半径，大概是40几个平方米的一块地方。也许正是因为这重要的40几个平方米，我们向往着遥远的地方，要去那无人处旅行，可当远方也挤满人，免不了磕磕碰碰时，不如宅在家中。

要学会提醒自己，停下来吧，让耳朵、眼睛、嘴巴停一下。

敲这些字时，正是接近黄昏时分，我也要停一下，去看五分钟落日，让那温暖的光线穿过身体，照亮灵魂。

山水之间

中国人和山水的关系还真是说不清也道不明，从《诗经》开始，楚辞汉赋、唐诗宋词一路走过来，得意者居高临下，快乐要宣泄在山水之间，失意者寄情自慰，忧愁也要投诉于山水之间。

诗三百把植物和动物拿来作比兴，楚辞更是通体山水的颜色、花草的味道。还有以后的"感时花溅泪，恨别鸟惊心"，"举杯邀明月，对影成三人"，再以后的"高树晚蝉，说西风消息"，"草色烟光残照里，无言谁会凭栏意"，我们就是这样一厢情愿着与山水的亲密无间，恩怨悉同世情。

而山水并不为所动，春夏秋冬，荣枯更替，也许更多时候看到的只是自己的心情。所以才会有那个著名的"三段论"：

先是见山是山，见水是水；再是见山不是山，见水不是水；后来又是见山是山，见水是水。

"三段论"有很多种解读。有一种认为见山是山、见水是水的是庸人，见山不是山、见水不是水的是俗人，见山又是山、见水又是水的才是智者。这真真是把中国人与山水的关系纠缠到了极致。只是俗人也罢，智者也好，生活永远在这里，而山水永远在那里。

我更喜欢《小王子》里那个像哲学家一样的狐狸说过的话——只有

用心灵才能看得清事物本质，真正重要的东西是肉眼无法看见的。

　　我还希望能像《在路上》那本书里的萨尔一样，偶尔脱离惯常的生活轨道，摆脱城市的逼仄，毫无目的地走进山里，走到月下、水边……闭上眼睛，用心去听，去看，或许"那一棵棵树，一朵朵花，即使什么都不说，也有着无尽的交流与沟通，彼此心心相印"。

　　山水之间，重新检索一下自己的生活，或可明白人世如此静好，而年华流逝，有什么终得抛开。即使不能像诗僧寒山子那样熟悉山中的每一种声音，了解山林的每一瞬变化，把大自然当成有情有义的朋友，或能体会到他的一点两点心得。

　　"腾腾且安乐，悠悠自情闲。免有染世事，心静如白莲。"

　　"似我何由届，与君心不同。君心若似我，还得到其中。"

不断涌来的细节

秋风起，不仅蟹脚痒痒，一颗想要外出旅行的心也蠢蠢欲动。

旅行，有时候真像一种病。旅行中，即使各种不如意，也许严重认床难以入眠，也许胆小内向不敢和陌生人交流，再加上不负责任的导游，没完没了的购物和乱收费……常常咬牙切齿在心里赌咒发誓以后再不出门了，然而，辛苦一场回到家，伤疤还未好全，又开始兴致勃勃筹划下一次旅行。

究竟是什么让我们一病再病，难以自拔，病根真的是那句——"生活不只眼前的苟且，还有远方和诗"吗?

13个小时的大巴把我从康定颠簸到巴塘，只为聆听天籁童声合唱团美妙的声音，孩子们曾走出国门献艺，然而在家乡，在熟悉的校园里，他们的声音更加清越激扬，碧蓝的天空下，那声音传出很远，有灿烂的阳光在他们的眼睛、额头、脸颊上流淌……

那时我早已忘了长途奔波之苦，忘了高原反应，甚至忘了自己身在何处。

在大山深处的雅江小学门口，6岁的卓玛用小手紧紧攥着爸爸的一根手指，一刻也不放开。今天是她第一天上学，尽管舅舅来了，叔叔也来了，但是第一次见到这么多陌生人，她还是有点不安。两坨明显的高原红在这个藏族小姑娘脸上像一个可爱的LOGO，大大的眼睛忽闪忽闪。还不太会说汉语，问她什么都往爸爸身后躲。马上就是小学生了呀，你看这学校多漂亮啊，后面有绵绵的大山，前面有汤汤的大河。可是卓玛要四个月以后才能回家，她要住校，家太远了，在200多公里之外。一直不愿交流的小卓玛，在听到我说给她和爸爸拍张照时，终于羞涩地笑了一下，而且勇敢地比出了一个剪刀手——胜利！

离开那个学校好多天了，可是小卓玛的大眼睛还在我心里忽闪忽闪。

也许，旅行所有的意义，都藏在它不言不语却能沁人心脾的力量里。地图展示出那么多未知的平面，直到有机会踏上其中的一部分，我们才会真切地发现每块土地和在那里生活的人们都立体而鲜活，同样的日月山川风吹草动，却有那么多的不同。

追逐远方和诗，走过川藏线318国道的驴友，大概不会忘记所波大叔的土豆炖牦牛肉，这是66岁的藏族老人从上午十一点开始忙起做到晚上六点才做好的。所波大叔2012年从教师岗位退休后，在理塘和巴塘之间的毛娅草原开了骑友之家，如今已是大名鼎鼎。有骑友说，在这里提前过上共产主义生活了，饭随便吃，土豆炖牦牛肉管饱，酥油茶自己倒，客厅沙发上山南海北地聊天，门前草地上坐下看星星。

只有最贴近和人相关的那部分细节才会不断地涌过来，它帮助我们辨析自己，并无形地影响甚至塑造着我们。比如童声合唱团，比如卓玛，比如所波大叔。

所谓"读万卷书，不如行万里路"，其实是说，在旅行中我们能够获取到的信息与道理，远远多于书本。

　　旅途中的每一天都是新的，从空气到温度，从饮食到住宿，从生理到心理，每个环节都需要不断地去适应。

　　这世界它足够辽阔，饱含着无数我们不知道的，无数微小的细节。虽然，看上去它缄默无声，却在我们有限的认知外，自顾自地深藏着、积蓄着、构建着。

　　这世界很大，值得我们亲眼去看看。

活着它们本来的样子

朋友来信说，中山公园的樱花开了，来看花吧。

欢喜赴约，从那一树树盛放的花下走过，心花也一瓣瓣地打开。

我并没有在佛前求500年，它已然让我们结下一段尘缘，阳光下，那些慎重开满的花，当我走近，那些颤抖的叶，那些等待的热情，诗人果然道出了世人隐秘的心声。

我在一树粉色的花前待了许久，不舍得离去，一瞬间把什么都忘掉了。这大概真的是喧嚣生活中所能得到的最好赏赐。

两两相遇，并非花的颜色渐渐明白过来，而是我们的心渐渐明白过来。

草木时光，世间钟情者何止你我。屈原爱兰，"浴兰汤兮沐芳，纫秋兰以为佩"；陶潜爱菊，为其隐居东篱，耕耘山地，种植庭院，"冶冶溶溶三径色，风风雨雨九秋时"；周敦颐爱莲，爱那淤泥深处滋生的净洁的花，为其修建烟水亭，每至盛夏漫步池畔赏之；林逋爱梅，为其独隐孤山，种下万树梅花，与鹤相伴，终老临泉。

清代张潮《幽梦影》亦曾写道："天下有一人知己，可以不恨。不独人也，物亦有之。如菊以渊明为知己；梅以和靖为知己；竹以子猷为知己；莲以濂溪为知己；桃以避秦人为知己；杏以董奉为知己；石以米颠为知己；荔枝以太真为知己；茶以卢仝、陆羽为知己；香草以灵均为知己……一与之订，千秋不移。"

同怀视之，互为知己，反而更难描摹，川端康成之于樱花，也只能"可意会而不可言传"。所有的草木，都长着一颗玲珑心，天真无邪。它们从不化妆，花红草绿，皆是本色。几百年的老树，满田的油菜花，山坡上芳草茵茵，庭院里花木栖栖，不惊不乍，活着它们本来的样子。

万物同理。文章也应"活着它们本来的样子"。拉伯雷说，许多作家都有这样一个毛病，即用复杂的语言表达简单的思想。他劝告人们："假如你想说天在下雨，你就说'天在下雨'。"

古希腊人甚至认为简洁是一种道德美。只有低劣作家才想听读者的惊叹："多大的词汇量！多大的学问！真是个天才呀！"他们对自己的意思是否明确反而不关心。

追求简洁，鲁迅先生力图避开行文的唠叨，"写完后至少看两遍，竭力将可有可无的字、句、段删去，毫不可惜"。

而海明威更是"以极简洁的语言，铸入一个较小的模式，使其既凝练，又精当，这样，人们就能获得极鲜明、极深刻的感受，牢牢地把握他要表达的主题"，以至于评论家将他的写法概括为"电文式写法"，形象地说他是"一个拿着板斧的人"，自觉对文章进行修剪。他对当时文坛上出现的"句子长，形容词多得要命"的芜杂的文风，"以谁也不曾有过的勇气把英语中附于文学的乱毛剪了个干净"。

最终，山水还是山水，花草还是花草，"活着它们本来的样子"，一切都是本相，真实素朴，泾渭分明。

四月天，真的适合去山里走一走，赏花，踏青，怀旧，或干脆什么也别想，漫无目的地走，行到水穷处，坐看云起时。

只要是美的，秀什么都好

真是佩服我们的老祖宗们，一个月份可以生出那么多种称呼。

就说农历五月，又叫作仲夏、超夏、中夏、始月、星月、皇月、一阳月、蒲月、兰月、忙月、午月、榴月、毒月、恶月、橘月、月不见月、吹喜月、皋月、蕤宾、榴月、端阳月、暑月、鹑月、鸣蜩、夏五、贼男染月、小刑、天中、芒种、启明、郁蒸……费劲敲下这些字后，不由得在心里默默自惭一分钟。

这样一个季节里，晨光如洗、天云变幻、树影重重、暮色沉醉，每一幕都有别样的美！山上的主角换了，那些树们，无论哪一种发型都是好的，造物果然有一双神奇的手，加上微风助阵，变幻的姿态更是让人着迷。怪不得三毛感叹：如果有来生，要做一棵树，站成永恒，没有悲欢的姿势。一半在尘土里安详，一半在风里飞扬，一半洒落阴凉，一半沐浴阳光。非常沉默非常骄傲，从不依靠从不寻找。

真的，没有比千佛山更好看的山了，春夏秋冬，各自成画，笑我孤陋也好，寡闻也罢，一起生活十几年，日日相对，俨然亲人一样的陪伴。试问，有谁会嫌母丑，又有谁会嫌自己孩子不好看呢？

这个季节的主角也的确是孩子啊，经过中考、高考，还有其他大大小小的考，像越过一道道坎，不远的未来是打开了一扇门还是一扇窗，终究不能无所谓。人生可不是电子游戏，无论你怎么荒唐胡闹，按下"重启"键一切就会复归正常。

10岁时，舅舅引用一句名言教导我：人生的道路很漫长，但关键处就那么几步。

就是这个季节，多少孩子会在关键处改变了走向。这时，再看山上的那些树，居然绿得颇有深意，仿佛有了一点成熟的味道。

作为旁观者，分享着孩子们的得意与失意。为了天天的毕业典礼，我临阵磨着英语，不快也总会光一些吧。百度各种记单词的方法，顺着那些文字的本义、引申义茫茫然追索，期望黑暗的天空上亮起一颗又一颗星。

文字本不是孤立无源的，这种本事在我们身上不但没有失传，反而发扬光大。就说"秀"这个字，从禾从乃，禾指"五谷"，"乃"意为"再"，联合起来表示"谷物第二次抽穗扬花"。《尔雅》中则有"木谓之华，草谓之荣。不荣而实者谓之秀"。

现在呢，更多用为英文单词"show"的音译，"展示，炫耀"之意。

缺什么补什么，有什么秀什么，如今，在微信朋友圈中各种秀美食、秀宠物、秀旅游，甚至秀恩爱，只是，知乎上有这么一个问题，"为什么在朋友圈秀美食都是赞，秀读书都是回复说'装'？"点赞数最高的回复是：物质类的东西不管该不该秀，秀出来多是实实在在的；精神类的东西，一不该秀，二是也秀不出任何实质，而且秀读书多半出发点是为了表明"我很文艺哦"。

……无语中。

我只愿对面的你没有这样颠倒的价值观，更愿对面的你"特立独行"一下，不要被这样一种潮流吞噬、同化。

只要是美的，秀什么都好——大自然的秀开始了，绿树红花；青春的秀开始了，奋斗拼搏；版面的秀开始了，回忆向往。而此时此刻，黄昏时分，盛大的落日秀，岂能错过。

顺着天地万物走下去

其实，三月才更像是一年的开始。

"一切都像刚睡醒的样子，欣欣然张开了眼。"

只见春光一天比一天明媚，仿佛满耳都有谢谢声，山色变青，枝叶纷纷跃出了冬日的睡梦，被一日比一日变暖的风唤醒，各种花儿朵儿争先恐后地比美。上周去山里，站了一冬的桃树还是一脸木然，再去就像是被施了魔法般焕然一新，聪明的小鸟把新学的歌一遍遍唱，为了免你猜想：晨光里，暮色里，这场隐秘的狂欢多盛大啊，以春天的名义，一切都变得毫无城府，温柔喜悦。

即使我们不像宝玉那样拥有非同一般的灵性，看见燕子，就和燕子说话；河里看见了鱼，就和鱼说话；见了星星月亮，不是长吁短叹，就是咭咭哝哝的，但在我们心里，草木有情也是再自然不过的事情。

养花的人都知道，你对它的好，它是明白的，时间久了，你定会知道它的性格和它的需要。

旷世之书《红楼梦》里，花花草草更是和人各各对应，那些海棠、菊花、红梅花、柳絮之类，纷纷变成缟仙、出浴太真、捧心西子、秋闺怨女、霜娥、倩女等等，那些如秋闺怨女拭啼痕、娇羞默默同谁诉、不语婷婷日又昏、春妆儿女竞奢华、嫁与东风春不管、草木也知愁，韶华竟白头！叹今生谁舍谁收的句子，俨然成就了彼此之间的心心相印。

就连黛玉葬花，那个青春王国里最难忘的瞬间。"未若锦囊收艳骨，一抔净土掩风流；质本洁来还洁去，强于污淖陷渠沟。"我们也觉得美，不过是因为对生命产生了共鸣，生命如同花儿一样，盛开之后总会有一场凋零，那样的凄美，谁人不感叹心动。

植物的美，不是阳春白雪、虚无缥缈的，它们的美，散发着人间烟火气，沁入到衣食住行与寻常生活的角角落落。当我们读着它们的名字，或在诗词歌赋的珠玑中与其偶遇，似乎唇齿间都沾染上了草木的清新。

若向更深的历史溯源，还会看到《诗经》里的植物，不仅多才多艺，而且会说悄悄话。参差荇菜，是辗转反侧的心；桃之夭夭，灼灼其华，来了新嫁娘；南山坡，采薇叶，未见君子，我心伤悲；有女同行，颜如舜英，难以忘记你……

那时人的情感，为何如此细腻婉转，敏感多情。

这种宁静而美好的生活方式，会让我们觉得，对未来的种种事情，一点也不用有什么担心的。只要踏实安稳，一步一步，顺着天地万物走下去。

你做三四月的事，在八九月自有答案……

时光飞逝，春日总是太短，不妨停下匆忙的脚步，看一看花草，闻一闻花香。华兹华斯说，走到万物之光里来，让自然做你的老师。艾蒿、飞蓬、荠菜、旱柳、桑陌、白杨、芍药、郁李、桃花、腊梅、古柏……这些在纸页上或清明或朦胧的植物，将很多曾经熟悉的美丽推到我们面前，我们已经忘记了它们很久了。

让时间慢下来

看完《致青春》后，我对朋友说，相比电影本身，我更喜欢豆瓣上各种各样的解读，好像猜谜一样，电影只给了一个谜面，谜底在我们自己的解读中。

这个解读的过程，就是把时间拉长了、放大了，两小时的电影被还原成了二十天、二十年，隐藏在其中的细节一一暴露。我们可以清晰地感知到时间的流逝，感知以最微妙的动作发生着的事情。

又或者，命运本身就是这样，我们永远都在猜测的过程中，不到最后，谁也不知道谜底。

比如一块碑，它被立起，拉倒，立起，拉倒，历时百年，却仿佛只是一瞬间的事。文章《善人碑》把这个瞬间放大，带领我们顺着时间一点一点地缕回去，你终于看到，"当地人为什么对一座古碑情有独钟呢？"你甚至还可以看到自己内心从未留意的东西，这碑的命运其实就是人的命运。

比如一棵树，我们在一个城市生活了很多年，却并不认识它，不知道它从哪里来，会到哪里去。

那就在它的身边停下来，听听它说些什么。文章的名字是《一棵进城的树》，可它最终没能进得了城。

时间是一位真正的魔法师，速度的变化会让曾被忽略的真相显露。

原本哀伤的音乐，加快速度后反而有了一种喜剧的味道。最明显的例子，莫过于电影《大腕》中，肃穆的哀乐随着指挥的手势越来越快，变成了轻快戏谑的小调，电影院的笑声此起彼伏。

我们生活在越来越快的速度中，太快的时间让一切都深藏不露。城市中，随处可见的火车站点、汽车线路、出租车表、监视摄像，一切都与时间有关，都在提醒我们时间从我们身边流走，看不见，摸不着，仿佛一股透明的力量无声、无情。

我们忙着计划未来的每一步，环环相扣，严丝合缝。一只眼睛看着昨天，一只眼睛盯着明天，灵魂被远远地落在后面，周遭的一切都在为快速到来的每一天做好准备，这个姿势难看，这个活法太累，太快的速度让我们患了时间恐惧病。

文学要医治的正是这个。唯有在文字中，时间会从容地放慢脚步，让我们看清自己。

想起一桩禅宗的公案，法师赏月夜游，兴起，访故友，正巧那人送几位朋友出门，然后回屋推开窗户举头望月。法师在暗处望到这幕"推窗赏月"，心领神会，也抬头默默欣赏了一下月色，没打招呼就离开了。

现在的我们呢？一定要去见那个朋友，高谈阔论一番，哪怕月白风清；一定会带着酒回来，一路咒骂天气、埋怨朋友，哪管花开花落。

生命不是赛跑，让时间慢下来，可看的越少，看到的可能越多。至少，你若只是匆匆一瞥这个版面，我保证你是什么也看不到的。

审美生存

假如，我是说假如，一个农民，他整天就是弯腰劳作，从不抬头欣赏一下落日的余晖，那他的生活除了辛苦，还有什么。

假如一个工人，他的全部生活就是在水泥的厂房中摆弄车床、铁锤，从不去投入地看场电影，开心地笑一笑，他的生活得有多乏味。

假如一个编辑，她整天就是在电脑前枯坐，从不去听听音乐、看看画展，那么她的生活中几乎难有快乐可言。

其实，绝大多数的时候我们就是这样。日出而作日落而息，每天劳心劳力，却忘了抬头看一看天，低头闻一闻花香，忘了什么是生存的手段，而什么又是生存的目的。

有哲人说，只有审美的生存才是美好的生存方式。换句话说，为生存而生存的生活是痛苦的，只有审美的生活才值得一过。

而作家的生存方式，是更加纯粹的审美生存，因为就连他的劳作都是审美。

按照法国新小说派大师巴塔耶的想法，在人的一生中，最值得一做的事情就是文学创作。在文学中，行动就意味着把人的思想、语言、幻想、探险、追求快乐、探索奥秘等等推到极限。

然而，"在各种各样的艺术行当里，有哪一种艺术工作比文学更难？画家们可以一生画梅，稍作改变亦无伤大雅；画竹子画虾，画李白大声称道的'大宛马'，都可以无数次地重复下去。但是文学家们写出了一个构思、一个人物、一个主题，就要从此绕开，一生不再复回——不仅是他自己，即便别人表达过的，常常也要远远回避为好"。写作之难，作家张炜道出了写作人这种异乎寻常的"蜀道"之难。

而作家刘玉堂却是乐观的。他说过，一个天才做十件事，不如一个傻瓜做一件事。只要心无旁骛、执着，就有了做好一件事的可能。

历史上有全能大儒之称的王阳明年轻时曾"三心二意"，又是骑射，又是排兵布阵，又是道教养生，又是辞章，在不同的领域跳来跳去，但看了朱熹给赵光宗的信，其中的一句话给了他"晴天霹雳"般的启发。"居敬持志，为读书之本，循序致精，为读书之法。"通俗点说，虔诚地坚持唯一志向，是读书之本；循序渐进，是读书的方法。从此，他专攻心学，知行合一，终成一代宗师。

张炜主席的做法是，"写作并没有每天固定字数，但是阅读量上，每天至少5万字"。

他说过，一个好的写作者首先就是一个好的阅读者。一个写作者回忆自己的阅读史，会发现与写作史几乎是重叠的。

至今年，他创作已满40年，发表了1500多万字，这意味着什么？

坚持，而且专一。也许正是他们成为文学大家的原因。

可惜，并不是每一个人都具有写作天赋，于绝大多数人而言，难道只能生活在艰辛乏味之中？当然不是，即使不能创造美，还可以欣赏美、享受美；即使谋生的手段远离艺术，还可以把自身的生活塑造成一件美不胜收的艺术品。

因为，审美生存不只是作家写出一部好作品、一篇好文章；也包括做一道美食的快乐，包括朋友间相处的其乐融融，包括一次远行的惊喜，所有这些都是审美生存的目标。

而这些，是我们每一个人都能追求到的。

浮世的安慰

十月，丰收的时节，也收获奇迹。

济南的春暖花开似乎还没有从记忆中消褪，南半球的花红柳绿又扑面而来。在一年内过两次春天，这种机会恐怕是不多吧。刚刚结束的澳洲之行却让我拥有了这样的幸运。

悠闲的心情，快节奏的脚步，亲近美丽的风景，放飞久违的浪漫。小小的地球村里，我们甚至可以像小王子那样，只要把椅子向后挪一下就可以再看一次落日。落日引起了小王子淡淡的忧伤，而风景于我们，正如汪曾祺先生所言，给了"多少浮世的安慰和精神的疗养啊！"旅途中，生活的重压、柴米油盐、委屈烦恼，就会冲淡一些。即使还要继续人生匆忙地赶路，精神也会很不一样了。

十月里，有妈妈的节日。那些和妈妈一样的老人每天早上登千佛山锻炼身体。妈妈说爬山比散步好，散步要四五个小时，太奢侈。爬山只需要向上20到30分钟，然后就回转，前后不过一个小时左右，足够让身体疲累到彻底放松。旅行中，对妈妈的话有了别样的体会，人在室内待久了，容易起怨言，在大自然的怀抱中，却会感恩，有爱自己的人，有人可爱，反而容易知足。也许，自然太广大和丰富了，每个人都能在那里找到与自己的心灵相对应的启示。

妈妈每次下山，都会顺便买一两个我爱吃的饼或变着花样的早点，那样的香味，不是花香，却更长久渗透在最平淡的生活里，如永远亲爱的母爱，让心充满温暖。

十月，经常被感动着。凉凉秋雨，薄薄雾气，是秋风的优雅悄悄擦净沿街的窗。橱窗里，开始透露冬天要来的讯息，街上多了美丽的新娘，眼睛里闪动着对未来的向往。还有陷在文字里的感动。这一刻，让文字牵着手，去探察另一个人的生命。总是有一些可以感动的人和事，让你沉思。也许，那些感动并没有任何实用价值，没有功利色彩。但是，它灌溉了心灵，丰富了思想。一个人，可以独自想些什么？一个人，灵魂可以走多远？走吧，只要你想，你就能够。

美得来不易

济南是座如此美好的城市。

从我家的阳台望出去，连绵的千佛山恰如一尊卧佛，云雾缭绕的日子里平添几分神秘。如果于办公楼的窗前远眺，可以看见黑虎泉、泉城广场，站得高一点还可以看到大明湖，天气好时更远处的华不注山显露出清晰的轮廓。

孔孚曾诗赞济南的泉水："请教泉有多少？去问济南人的眼睛吧。愿闻济南人的性格，你去问泉水吧。"

济南也当真如一首清新质朴的叙事诗。请就座，来读一下这首诗。看看简单的韵脚，流畅的诗行里，居民的济南，游人的济南，会有怎样婉转的故事情节，或者出人意料的结局。有一点是确凿无疑的，只要用心，阅后如饮泉水，清凉怡人。

偶尔的黄昏时分，去看看柔和的光线下晶莹剔透的泉水，每当一串串水泡自泉底汩汩升起，就会重新爱上这城市一次。

听吧。对于一个城市，不仅要用眼睛看，还应当用耳朵听。起早上山的日子，第一缕晨光下，鸟儿清脆的鸣叫，山的呼吸，风吹树叶的沙沙声……仿佛悄声细语地传递着彼此的秘密。

即使城市沉沉睡去，你也可以听到它特有的心跳和节奏。过滤掉白天占满街道、广场和泉水的喧嚣，会看到它不为人知的另一面。

这些是作为居民的奢侈。而更多的游人，只是济南的匆匆过客，从善如流的我们，总以为生活真的在别处。像其他有魔力的地方一样，在你亲身到访之前，济南也许早已潜入你的憧憬。然而，旅程的辛苦，景点的"不能承受之挤"，导游明示暗示的"意思意思"，都在挑战你的心情。何不转换一下，人在旅途，因为陌生，一切被简化，远离日复一日的倾轧，体会到一些久违的情感，梦想照进现实的刹那，也是一种别样的美。

美得来不易。这是英国19世纪著名画家奥博利·比亚兹莱对大诗人叶芝说过的话。然后庞德引用，然后不断地被引用，这有点像传话游戏，如今把它传给了我们。

美就是这样的得来不易。不论你此刻人在旅途还是宅在家中。

且读且反思

希望长大后成为一本书

　　小时候，总觉得冬天漫长得过不完，盼着放假，盼着过年，盼着雪化，盼着天气暖和起来，可以不再穿得像个狗熊。

　　可现在，时间又太快了，有时候真觉得我们像生活在一个信息流之上，无论微博、QQ，还是微信朋友圈，信息在不停地流动。

　　人生活在这样的流动之上，变得焦虑、不安——太多内容被重新规定，语法、标题甚至词语也被重新规定，那么年轻，那么具有娱乐精神，那么简单粗暴，迅雷不及掩耳，"10万+"的内容就被制造出来了。对于我们这些会为一句话、一个字、一个标点符号孜孜计较的人来说，真的有这样的效果：眼前一黑。

　　人生活在这样的流动之上，甄别、取舍、连贯的能力不是越来越强，反而越来越弱，有时候看着朋友圈里自说自话，前后不搭的一长串内容，心想，这就是我们这个时代应该有的状态吗？线上线下，虚无缥缈，每一天，如果你愿意，都可以过成无所不知的一天，一些过去不会特意去关注的领域可以很便捷地打开，天文地理，吃饭穿衣，似乎每一个都让你感到暂时的兴奋，但很快又错过了，甚至记不得三天前到底发生了什么样的事情。

　　但总有一些东西能给我们带来某种确定吧。

《爱与黑暗的故事》，作者是以色列作家阿摩司·奥兹，它讲述了一个以色列的小孩子如何在动荡、充满历史悲剧的遗产中成长，并把这些记忆转化成思考和写作的力量。

主人公是在一个充满书的家庭中成长起来的，"我们只有大量的书，到处都是书，从这面墙到那面墙排满了书，过道厨房门口和窗台，到处是书，几千本书，遍布整套住房的每个角落"。

书中有一段关于书的描述："小时候，我希望自己长大后成为一本书，而不是成为作家。人可以像蚂蚁那样被杀死，作家也不难被杀死，但是书呢，无论你怎样试图对其进行系统性的灭绝，也会有一两本书伺机生存下来，在某个鲜有人问津的图书馆的角落，享受上架待遇。"

人们来来往往，生生死死，但书是不朽的。

那些四处离散的犹太人对于书籍有一种近乎病态式的崇拜，特别是对思想的崇拜、对观念的崇拜、对深刻情感的崇拜，也正是这种崇拜之情让那么少的犹太人焕发出巨大的生命力和创造力。

多希望每个家庭都有这样的书架，可以把这种传统、这种感情一代代地传下去。可是省内一家非常大的旅行社的老总告诉我，在他的公司里，挑不出十个读书的人。

不知不觉地，生活在这样的流动之上，想停都停不下来。

而作为一个创作者，是继续顺流而下，浅尝辄止，卖萌讨巧地写作，还是停下来，从题材到方法，延续过去那种一道道工序来，一道道工序打磨的传统工艺？

朋友去了趟英国，回来说，地铁上、火车上、咖啡馆里，仍然有不少人在读报纸、读书，而且不全是老头儿，很少人捧着手机在刷屏。

那一刻，我突然觉得那道"流"消失了，世界变得实实在在，可触，可感。

不一样的阅读方式、写作方式、活着的方式，明明白白就在同一个地球上，就在稍微远一点儿的别处，但愿也在此处。

把整个春天给你吧

同样的春日飞雪，古人会云"白雪却嫌春色晚，故穿庭树作飞花"，如此诗情画意，而我们会说，四季随机插播，我一定过了一个假的春天，何其简单粗暴。

不由得想说说听过的两个讲座。一个是山大的马瑞芳教授讲《红楼梦》。她说曾经有这样一个调查，选出自己读不下去的书籍，《红楼梦》名列榜首。但实际上，作为四大名著之首的《红楼梦》，有多大的影响力，有多少读者群，还真的难以想象。

在马瑞芳教授眼中，《红楼梦》不仅写了宝黛爱情、贾府盛衰、封建王朝的没落，还是集建筑、饮食、诗词、医药等文化于一体的作品，是古代文化的结晶。

1962年，还在上大学的马瑞芳教授发表了第一篇红学论文《贾宝玉批评》，那时她已经通读《红楼梦》十几遍，之后的五十多年里，她又读了六十多遍，其中的诗词歌赋已是信手拈来，她不但出过红学专著，还在百家讲坛讲过《红楼梦》。但她称自己还没有入门呢，还要好好读。

这话太令人惭愧，经典之美，我们更在门外吧。

另外一个讲座是关于止学的。一部失传已久的绝学，作者文中子，名王通，隋朝人。有一种说法是，鬼谷子和文中子之间隔着一部止学。鬼谷子带了四个徒弟苏秦、张仪、庞涓、孙膑，虽然都名动天下，但均无善终；而文中子的徒弟们如房玄龄、杜如晦、魏征、李靖等，则不仅撑起了唐太宗的文臣班底，还都能高位善终。

止学的道理看似简单，概括起来不过"适可而止"，谁都知道，可谁又能做到。我感兴趣的是老师对字的追本溯源，孜孜以求。开篇有"智极则愚也，圣人不患智寡，患德有失焉"。原来品德的德，在孔夫子之前是得到的得，果然，我抄心经时，遇到过"无智亦无得""以无所得故"。"患德有失焉"，一般理解为，担心自己的品德有缺失。而老师解释德为"知止力"，就是知道什么时候行，什么时候停。

原来每一个字，都有一段长长的历史，随着老师一起去探源，仿佛于司空见惯处另开了一扇门、一扇窗，领略意想不到的美妙风景，豁然开朗。

中国诗词大会的热播，可能正是因为带给更多人这样的感觉。总冠军武亦姝在被问起为什么喜欢诗词的时候，她淡然地说道：古代人，你看这个句子，"江南无所有，聊赠一枝春"，就是说我在江南没有什么好东西给你，就把整个春天给你吧。多美呀是吧，现代人完全给不了你这种感觉。

每个人的心中都有"诗和远方"，无论是听讲座的人，还是诗词大会的拥趸，仍对诗词有着抹不去的情怀，才会愿意走进传统文化，亲近经典。

一如，"众里寻他千百度，蓦然回首，那人却在，灯火阑珊处"。很多时候，我们总是在往阴暗处寻找我们心中的他，却总不见其影踪，蓦然回首，才发现他其实一直就在我们的身边，离我们只有一个转身的距离。

经典于我们也是。

爱美的时代，需要读书

春光再美，若没有风从脸颊吹过，水从指间流过，终究隔了些，多少辜负。

就连摄影界，也一直流传一句名言，来自战地摄影师罗伯·卡帕，"如果你拍得不够好，是因为你还不够近"。

把它搬到写作上，是同样颠扑不破的道理：如果你写得不够好，是因为读得不够多。

作家张炜曾在一次演讲中提到自己的写作生活和阅读生活，"写作并没有每天固定字数，但是阅读量上，每天至少5万字"。为什么坚持"每天至少阅读5万字"？一是网络无时无刻不在影响并改变我们的生活，它对文学而言是危险的，让我们的表达统一化、复制化；二是尽管人们可以通过包括文字、图片和影像在内的各种媒介获得信息，但这些信息与真实是有距离的，大家没有更丰富的词汇来表达自己的思想了，这对文学而言也是危险的。如果一个写作者足够倔强，对危险有足够的警觉，他就会采取办法，关掉电脑，少接手机，不看电视，埋头于经典……

今年初，作家刘玉堂在青岛二中讲座时也提到，低年级的小学生先不要急着写作，而是要多读、多积累。

《红楼梦》里黛玉教香菱写诗也是这般情景：

"你若真心要学，我这里有《王摩诘全集》，你且把他的五言律一百首细心揣摩透熟了，然后再读一百二十首老杜的七言律，次之再李青莲的七言绝句读一二百首。肚子里先有了这三个人做了底子，然后再把陶渊明、应、刘、谢、阮、庾、鲍等人的一看，你又是这样一个极聪明伶俐的人，不用一年工夫，不愁不是诗翁了。"

一个好的写作者首先要是一个好的阅读者。

即使不为写作，读书也是必须的。今年的"世界读书日"，山东师范大学的李掖平教授开坛讲座，"读书可以为你打通多种生命体验，让你从不同的人生经历和故事当中读到你似曾相识的那些美好的情感、感人的细节，和那些你应该警惕和规避的邪恶"。它是有效地"丰富和光彩你的人生的一个最简单的办法"。

与其说，这是一个看脸的时代，需要美容，不如说，这是一个爱美的时代，需要读书——腹有诗书气自华。

那么多人欣赏董卿，不正是因为她谈吐不凡。主持中国诗词大会时，她对诗史有不浅的了解，对大部分诗人的生平和作品可以张口即来，文学修养之高引起了不少大学教授的赞叹。

这跟她喜欢阅读有很大关系。董卿曾说："假如我几天不读书，我会感觉像一个人几天不洗澡那样难受。"

读书可以让我们美美地张口，诗意又不失认真地去看待这个世界，还有自己和自己的心。

恰如狄金森的一首小诗：

没有一艘舰船

能像一本书

带我们遨游远方

没有一匹骏马

能像一页诗行

如此欢跃飞扬

即使一贫如洗

它也可以带你走上

无须路费的旅程

这辆战车，朴素无华

却载着人类的灵魂

融融春日，有书相伴，心，亦如原野，红紫芳菲，百花盛开。

书也需要断舍离

今年的雨水真多。当雨像一道帘子把我留在宁波的天一阁内，时光竟有了木心《从前慢》里的那种味道。

雨不急不缓地打着屋檐，宁波的天一阁仿佛还是几百年前的那个天一阁，亭榭楼阁之间，夹藏着一方池塘，临于池塘上的那些嶙峋的假山形状各异。隐于枝叶间的危楼，似苍鹰般驾在高空中。"藏书之富，甲于天下"，范家的这座私人藏书楼，曾拥书七万卷，浓缩了多少文气、才气、智慧之气。

余秋雨说过："我们只向这座房子叩个头致谢吧，感谢它为我们民族断残零落的精神史，提供了一个小小的栖脚处。"

然而历史上，能叩开天一阁大门者寥寥无几。

直到1673年，铜锁才一具具打开，黄宗羲先生长衣布鞋，悄然登楼。从此以后，天一阁有了一条可以向真正的大学者开放的新规矩，但这条规矩的执行还是十分严苛，在此后近二百年的时间内，获准登楼的大学者也仅有十余名。

据传嘉庆年间，宁波知府丘铁卿的内侄女钱绣芸嫁到范家，为的就是能登上天一阁读点书。但苛刻的家法、森严的门户，决不会在她的渴望与忧郁面前妥协……她最终未能登上那栋庄严而又神秘的楼阁，只能将自己的幽香与怅望，带入天一阁旁那一抔微润的黄土里。

隔着玻璃展柜，我只能想象书香四溢，即使是翻版，在这里也不能随意翻阅，"可远观而不可亵玩焉"。局促之中，是天一阁的肃穆与矜持。

藏书的意义何在？纵然范家人担心开放门户会造成古籍的流失，可殊不知，闭锁有时只是为了更好地开放。

居然有小小的庆幸在我心里闪过，好吧，姑且不说看书受限，那些浩如烟海的典籍真的扑面而来时，谁又能消受得起？

读书自不必贪多求全，内化为个人精神价值的书籍，才是好书。

个人才是读书的唯一尺度。

天一阁就如同那块通灵宝玉，"岂能人人都有"？虽不能有，心向往之。正如博尔赫斯所写："读书人理想的图书馆，正如一座巴比塔，是永恒和完美的神的产物，而我心里一直都在暗暗设想，天堂应该是图书馆的模样。"

而理想的图书馆不是炫耀家里的书多，而是那些书是对个人成长有帮助的书。

读书如同吃饭，每种书籍都有不同的热量，保持多读高蛋白类高价值的书籍，主食类随时补充，蔬菜类经常翻翻。最需要警惕的是水果类书籍，为高兴买单的事，少做。

我在心里自说自话：在买书光荣、读书光荣的自我暗示和自我感动下，这么多年，有没有做一些贪多、求全、低效之事？

"女人的衣橱里永远缺少一件衣服。"无论你买多少衣服回来，逢出门或换季的时候，总感觉少了一件最适合的。妹妹的办法是断舍离，书也需要断舍离，是断掉自己那些不切实际的贪欲。真正内化的知识，才是精神财富，只读心头好，形同与知己聊天、散步、旅行。

跨出雨帘，天一阁外，车水马龙，从前藏书是一场延绵数百年的苦役，如今我要给自己的藏书减肥，这个世界最大的变化就是"变化"，你的身边又发生着怎样的变化？

改变人生的容积率

不管是职业使然，还是天性使然，对好句子总怀有一股痴情。

比如这句，"尖刻的诗人斗不过幼稚的坏蛋"，像格言警句。

还有这句，"打劫'囤货'族的抢劫犯们，你们伤不起"，忍俊不禁要和一句，"伤不起呀伤不起"。

最好是充满想象力的句子，"等天黑了，就找一处葡萄架躲进去，静静地听牛郎和织女说悄悄话"。听到了，会有意想不到的惊喜，听不到，不失天真的痴顽。

好的句子，要有一种神韵，只可意会，难以言传。却又是天成，没有雕琢之感。

微博风靡好久了，可我一直没粉那些著名的微博达人，最近粉了一个孩子，他叫喜禾，患有自闭症，他爸爸用微博记录他的生活，"有时他站在那里一动不动，我以为他正在凝视某个方向，实际上，他正在观察空气中我们看不见的尘埃……儿子，你看尘埃的时候我看不见你"。

其实，喜禾的爸爸不用那么悲观。每个孩子之于父母，可能都是"星星的孩子"，每个父母都想去他的星球看看。和自闭症无关，和爱有关。

只是，联通两个星球的到底是什么？

读史使人明智，读诗使人灵秀，数学使人周密，科学使人深刻，理论使人庄重，逻辑修辞使人善变，凡有所学，皆成性格。培根这句话说得真好。海燕把它升华了。

"一个人的寿命决定了人生的长度，一个人的经历与活动范围决定了人生的宽度，一个人对现实之外世界的感悟与欣赏能力，决定了人生的厚度。这三者相乘，就得到了人生的容积。"

这算是一种创新的比喻吧。聪明的为文之人，知道尽量在文字中不使用习惯了的比喻，陈旧的比喻丝毫不会产生新鲜的生动，而创新的比喻则大为不同。无论如何，一个创新的比喻，在于发现比喻和被比喻之间的一种奇妙的关系。

海燕做过记者，做过编辑，做过记者站站长，但在我眼里，她始终都像个好学生，好学的学生。这一次，她学会改变人生的容积率，一是善忘，二是善感。不妨试一下：

如果我们忘了烦躁、困惑、易怒、不安、痴迷、沉溺、猜忌、生气、消沉、神经质、偏执。

如果我们记得善良、愉悦、清新、干净、温馨、依恋、爱慕、热烈、温存、甜蜜、天真……一周七天，每天都相信美好的存在。

我们的人生是不是就可以像蓝天一样清澈，像碧波一样荡漾！

当心意相通时

在网上搜新晋诺贝尔文学奖获得者的新闻：托马斯·特兰斯特勒默，瑞典人，至今只写了163首诗。有记者惊讶地把这作为文章标题。我也好奇，1931年出生的诗人只有163首诗，赶上唐代的李贺了，两句三年得。诗写得可真慢啊！

更好奇那是怎样的诗？在网上找到一些。《果戈里》的开篇让人印象深刻："西服破得像狼群。／脸像大理石。……此刻，落日像狐狸潜入这国度／转瞬间点燃青草。"还有《黑色的山》一诗上出现这样的句子："死亡胎记用不同的速度在大家的体内生长／山顶上，蓝色的海追赶着天空。"

诗的意象清朗、明晰，描述出来的感觉却像一个神秘的梦。是因为诗人心理学家的职业，所以才捕捉到如此细腻的心理感受吧。

像《尾曲》一诗中"月光下，家具站着欲飞／穿过一座没有装备的森林／我慢慢走入我的躯体"。

诗人仿佛掌握了独特的意象编码，把它们进行非逻辑的组合、跨时空的组合后，诗有了一种直入人心的力量。

阅读中几乎忘了，我看的是翻译过来的作品。一直认为诗歌是极难译的，需要通晓两种语言，如果能够用两种语言写诗更好，否则基本上不可译。然而，他的诗翻译过来之后，仍然有一种非凡的力量，不禁怀疑起来，是否真正的好作品能够超越语言本身。

《倒计时》就是一篇上佳的译作。文章揭示了一段存在的荒谬，荒谬就藏在这白纸黑字搭建的迷宫里面。阅读开始，倒计时开始，我们的眼光每越过一些文字的障碍，就看到它又垒起另一堵墙，随着时间的流逝，走出迷宫的刹那，太阳光一下子照过来，脑袋里嗡的一声。

语言的转译过程中难免有丢失，尤其是义符文字与拼音文字的转译，隔阂总是存在的。但似乎心与心之间的交流没有那么复杂。

亲子家书里，楚儿说："作为一名负责任的观察者，我奉劝将要来巴黎的女孩子们，不要……你只不过是小圈子里一枚最便宜的棋子。"

妈妈说："大家都只记着张爱玲的一句'出名要趁早'，却偏偏忘了'欲速则不达，见小利则大事不成'的古话。"

母女间心意相通。

当心意相通时，一切就变得简单起来。你感动，所以我感动，你悲伤，所以我悲伤，微斯人，吾谁与归？心与心之间没了距离，这种默契不只是伯牙子期才能体会。哪怕对面只是一棵树，因为"和人一样走过时间的凸凹"。所以，当你"爱它，给予它清洁与干净。它就可以在你的世界里，旺盛地生长起来"。

当心意相通时，语言仿佛变得多余了。

好散文的标准

今年的中国新闻奖报纸副刊类作品评奖近日在南昌举行。我有幸作为评委参加了这次评奖，评奖分为三个组：报告文学组、杂文组和散文组。我参加的是散文组。

评选标准在评奖细则里说得很明白。时代感强，体现思想性、新闻性、艺术性的统一，格调高雅，特色鲜明，文笔生动。但在每个评委心中还有一个标准——好散文的标准。

什么是好散文？这是个没有标准答案的命题。对文学作品的评价历来是见仁见智，公说婆说都有理，然而大家在最基本的评价尺度上总还会有一些共识。

第一为真。在文学发展史上，散文自从成为一种独立的文学体裁，就以写作者亲身经历、真人真事为范，以抒发作者胸臆、真情实感为尚。

这里的"真"，不仅是指内容，更重要的是对内容所指向的历史真实和历史趋向的把握。

春秋战国散文中读起来最为精彩的《战国策》《左传》，常被诟病语言稍显浮夸，不符合史实。从散文的角度观之，恰恰是那些生动简洁的描述，更为鲜活地再现了事件的发生发展和结果，让读者更为真切地感受到历史的真实感。

散文贵在真情实感，要不得扭捏作态。拿魏晋散文与汉赋比较，杨雄等人的文章不可谓不雄奇恣肆，但一碰到魏晋文章嶙峋的风骨，立刻就显出了媚态。情感的虚假使铺张的汉赋永远跪倒在了权势的台阶之下。

作为阅读者，我们会有这样一种认识或感觉：从文学阅读中获得的对世界对社会对人生的认识，乃至涉及自然常识的一些驳杂知识，远比从教科书上得来的丰富得多。读散文尤其如此。散文通常是作者在有了突如其来的触动和感悟时的率性而为，于不长的篇幅里写天边事、身边人，追远及近，信笔抒发，常常以独到的见解扣动读者。这是散文之真的另一个层面——真知灼见。

第二为通透。也就是通常人们所说的"散文贵散"。当下有些散文一味追求信息的大容量，密不透风的叙述挤掉了散文的轻松，叙事过多类似小说，论辩过密类似杂文，逻辑求严类似政论，写人求全类似传记，结构和叙述都把得太紧，结果必然是对散文的伤害。

好的散文各有各自的风格，但无论大作还是小品，结构灵活，叙述灵动，通透洒脱是其共同特点。一旦拘泥就会陷入呆板，其特有的神韵就出不来了。

第三为诗意。散文是无韵的诗歌，语言应讲究诗韵。这当然不是要求把散文写成诗，而是说散文的语言应有内在的诗韵。散文的语言不管朴实还是华丽，骨子里都应具备内在诗韵，才能使其与通透灵动的叙述相得益彰，更具散文之魅力。

把眼前的事情做好

每一天都有故事发生。

作为媒体，谁不想独占先机，把发生的故事第一个告诉读者，然而信息时代，第一不是那么容易的，也只好在花样上取胜。

在莫言获诺奖的海量报道中，有一家报纸的标题一下子触碰了神经——《今后家中没有莫言书　见人不好意思打招呼》，可是，就算是家里有了莫言的书，我们真有时间看吗？或者，现在我们真有时间和耐心从头到尾读完一篇文章吗？

时间，在今天变得格外短促，短到我们都忘了自己有多久没有抬头看星星，多久没有和父母好好聊一次天。什么都太繁多了，什么都太短暂了。

要知道，不远的过去，即使一个赶考也会被抻得很长，一路的风花雪月，人们可以欣赏其中的各种变故和细节，也有时间慢慢揣摩，但如今，生活充斥了各种复杂的内容，越复杂就越感觉到时间不够用，无暇欣赏，无暇思考。

每个人都在焦躁不安中煎熬着，这时候，莫言可以起到什么作用？或者，文学可以治好我们的"病"吗？

法国电影《无法触碰》中，在一幅天价油画前，瘫痪的贵族富翁菲利普问贫穷的黑人文盲青年德希斯："人们为什么对艺术感兴趣？"德希斯说："不知道，为了做买卖吧！"菲利普摇摇头："不是，因为这是人们来过这世界后所留下的唯一痕迹。"

在这些痕迹里，你可以看到我们的生存现状，"人如树林，还不如树木。树林，树木间是有空间的，人却是你挨我，我挤你，一个个站得笔直，无比的规矩。脖子永远梗着，两眼盯紧别人的后脑勺，好像要从那里挖出深藏已久的秘密"（《挤》）。

看完《挤》，会有种喘不过气的感觉，仿佛内心也被挤压了。我们知道的越来越多，我们要的也越来越多，可什么都来得太快，又去得太快。能抓住的究竟是什么？

在这些痕迹里，你可以看到文学能助人发财，"对于唐朝的宅男们来说，写碑文可是件油水活儿"。文学能让人出名，连一个孩子都知道，"出名……就是被别人羡慕，被别人赞美。对了，出名还能发家致富呢，你看电视上那些大明星"。

在这些痕迹里，你或许看到了自己的影子，或许没有。时间最终会给出答案，生命里那些不重要的东西会随着时间消融，只有那些炽烈的、美好的、与爱有关的记忆会沉淀下来。

另一位诺贝尔文学奖获得者略萨说："文学最大的作用是让人变得敏感，对人性，对周遭的事物，对同类的悲悯，对人类共同的命运。"

重阳节后，天气忽然就冷了。季节转换时，我们更易感叹时间的无情。

可是，不能把什么都赖在时间身上。或者，就用这样一个简单的信念来抵御吧——把眼前的事情做好，每个阶段思考每个阶段的事情。

找到自己的精神家族

俗话说，春困秋乏夏打盹，睡不醒的冬三月。

冬天就这么到了，还没有下雪的迹象，只看见山上的麻雀成群结队，头也不抬地在草丛里吃吃吃，它们要储存多少脂肪才可以安然过冬？因为埃博拉病毒，眼看巧克力都快短缺了，我们要不要也屯一点？

当然，我们怎么能像麻雀一样，只知道吃吃吃呢？（怎么不能！）

还得屯点精神食粮吧，比如看书。张炜的新作《也说李白与杜甫》刚刚在济南举行了签售。作品围绕李白和杜甫的出生、求仕、婚姻、创作和晚境，作者凭着深厚的积累，剖析人性。

试想一下，若一部全唐诗抽掉李白和杜甫这两大主角，会怎样？他们都是天才一般的人物，既能循规蹈矩，又得才华横溢。

凡学文之人，均绕不开这两个人。木心说过这样一段话：世上有许多大人物，文学、思想、艺术等等家，在那么多人物中间，要找到自己的亲人，找到精神上的血统。

也就是说，每个人除了血缘上的亲人，还应当有一个精神的谱系，有嫡亲的，也有旁系、远房，每个人的来龙去脉都是不一样的。对他而言，拜伦是兄弟，而福楼拜是远亲。

若李白是你精神家族的一个重要成员，时不时去拜访他一下，估计他挺高兴，虽然他"脾气有些怪异，做事反复无常，全凭一时兴起，许多时候像个任性的大孩子……"但他性格明亮，像唐三彩上的釉，喜欢夸张吹牛，和朋友在一起海阔天空神聊……

"而杜甫无论写出了多少想象绮丽的诗篇，有过多少奇妙的设计，也大致还是一个生活在地上的人。"只有非常接近他时才会发现，他只是"貌似'常人'，其实骨子里也是一个'异人'。"

他看上去或许一副郁郁寡欢的样子，自己一个人坐在茅屋为秋风所破的院落里，从不开口，所以接近他的时候就要小心翼翼的。因为他会冷不丁冒出一些问题来，却又不给你答案，也不关心你的回答。

偶尔，他老人家也会换上一副和蔼的笑容，让你打心眼里觉得温暖。高兴时会呼叫"白日放歌须纵酒，青春作伴好还乡"！人总是这样，精神的追求让人向上，而肉体的欲望让人向下，在本能和理想之间矛盾徘徊着。

找到自己精神家族的人，还要学习如何和他们友好地相处。

相处之道在于真实。然而，在互联网时代，人们有意或无意地忘却了某些东西，历史总是被选择性地加以呈现。一切崇高的事物都会被解构，一切伟大的人都回归为凡人。

2014年诺贝尔奖得主法国作家莫迪亚诺，他在《青春咖啡馆》里说的对，我们在这个世界上活着，有多少事情讳莫如深，必须缄默其口。每一个人，即使是最冥顽不化的人，都会有一个"供认不讳"的时刻。

真实性就存在于这种"供认不讳"的时刻，虽然某些事物必须保持神秘性。

比如，我就一直想知道，是谁一声令下，那山上的树叶就黄了，又是谁通知的，在某一个早上，它们纷纷落下。

爱，就是慈悲

因为懂得，所以慈悲。这是张爱玲给胡兰成的情书，只寥寥八字。

其实，不独爱情，其他亦如此。

如果懂得，喜欢帕瓦罗蒂的，不会去嘲笑别人喜欢凤凰传奇；如果懂得，喜欢吃酸的，不可能说爱吃辣的人脑子有问题。

只有懂得，才会发现，京剧啊戏曲啊，并非老掉牙，并非早该退出历史舞台了。不信你去看看《锁麟囊》，它绝不逊色于任何一部优秀的电影、小说、诗歌。它关注的，超越了生活表面的鸡毛蒜皮，是在考问命运和人生。

只有懂得，才会明了，就像黑泽明的电影堪比莎士比亚的原著，而《茶花女》的作者小仲马早已说过：五十年后，也许谁也记不起我的小说了，但威尔第却使它成为不朽。

一切伟大的作品都有神秘之处，而这种神秘之处是分离不出来的，是"此中有真意，欲辨已忘言"。它永远存在着，永远有生命力。每重读一遍，都有可能按动"懂得"的开关，黑暗中透进一丝光亮，看得到或者学得到新的东西。

好的作品，就是要经得起时间，经得起一读再读。

所以，无论小说还是散文，一定要出自作者已经消化了的经验，出自他的知识，出自他的头脑，出自他的内心，出自一切他身上的东西，都必须忠实于生活本身。

要琢磨清楚那些使你激动的究竟是什么，每个细节都要记清楚，这样才能把实际情况写明白。

要找到那些产生感情的渊源，然后写下来，让读者也看得见，能产生与你同样的感觉。

如果你不知道人们怎么思想、怎么行动，运气好也许会解救一时，或者你可以幻想。但如果老是写自己不了解的东西，等于在说假话。

这样的作品怎么可能经得起时间，经得起一读再读，很快就会被读者发现漏洞，会意识到你是怎么欺骗他的。

好的作品，还必须是自由状态下成就的。是为自己的内心和自身的艺术理想而写作。

不要说迎合大众了，连小众也不能迎合。迎合大众与迎合某个群体的小众同样不可取。难乎其难，白瑞雪在《庞麦郎与我们的惊惶》中道出："把握其中的'度'，不是多少条从业规则能够解决，而是与理性社会的进步和个人经历的沉淀相关。"

写作，是不成为任何人，而成为更好的自己。在自我坚持的角度尽力理解和宽容。

电影《一轮明月》中有这么一个场景：清晨，薄雾西湖，两舟相向。雪子："叔同——"李叔同："请叫我弘一。"雪子："弘一法师，请告诉我什么是爱？"李叔同："爱，就是慈悲。"

每个人的心里都住着一个文艺的你

六一儿童节，有个微信群邀请大家再复习一遍童年故事中的女主角们，结果是，大家普遍认为本来有着许多"优秀品质"的卡通公主们在时代的浪潮下落伍了。

比如，小时候觉得睡美人的故事很浪漫，王子的一吻唤醒沉睡百年的公主。不过现在想想公主睡了一百年，到处物是人非，还要和把自己唤醒的人迅速坠入爱河，都没有任何选择的机会，也是挺可悲的一个人物。

《海的女儿》里，王子就因为没娶救他性命的小美人鱼便遭读者唾弃，连带无辜人间女子中枪成别有用心。只想问问安徒生，他怎么就知道王子和他老婆不是真爱？

还有《丑小鸭》，丑小鸭历经磨难终于变成了白天鹅，是个很励志的故事。可是我们都忘了，丑小鸭本来就是白天鹅啊，它迟早会变成天鹅。可那些鸭子呢，永远都是鸭子，它们被人或烤或炖，这就是鸭子的命运。《丑小鸭》背后是个残酷的事实，出身决定命运。

前一阵子看迪斯尼新版的《灰姑娘》，我居然同情那个后妈：老公不幸早逝，为了两个"愚蠢的女儿"才嫁给了灰姑娘他爹，自始至终，后妈都没阻止灰姑娘嫁给王子，只是希望灰姑娘给两个姐姐谋个好前程……

不只是与父母、孩子间才会产生代沟，与小时候的自己一样会产生代沟，我们该为此悲哀，还是为自己拥有了成人的视角而得意？穿越时光隧道，你想对那个迷恋童话的小屁孩说点什么？

每人大人都是从做孩子开始的，《小王子》里说，然而，记得这事的又有几个呢？

我们不仅用成人的眼光颠覆了曾经的童话，我们也忘记了曾经的梦想，放弃了曾经许下的诺言。

就像文艺青年这回事，我们都或多或少文艺过——白衬衫、卡其裤、平底鞋，只爱高、瘦、漂亮的原子物理学家，这是迷恋琼瑶、亦舒时期；进入新世纪，文艺女生是要披着一头散发，穿着没系好带的匡威帆布鞋，站在废旧的建筑外面，感叹以往的忧伤；博客时代，在一方小天地中抒发自己的小情怀小冲动小感觉；今天，文艺腔要更为国际化，潮流指向萨冈、村上春树、伯格曼……

所谓文艺，其实就是对美的一种追求。米兰·昆德拉说过："即使在最痛苦的时候，各人总是根据美的法则来编织生活。"

或许隔着"代沟"，你会用批评的眼光指出："文青"情绪化的对待真实生活，是些只会感叹一片落叶的小气青年；缺乏稳定而理性的自省和思考能力，像水母一样过于感性地把自己沉溺于水中，随着水的飘荡而飘荡，从而麻木到没有知觉。

不管被唾弃还是被理解，我一直相信，每一个人的心里都住着一个文艺的你，他总会在你最脆弱、最黑暗的时候出现，用自己的身体承受住你的痛苦。既不乐观，也不悲观，生命本身是一首反复无常、时而激烈时而平静的曲子，它会带给我们无法言说的快乐，也会带给我们难以承担的重负。文艺不是逃避的盾牌，只有当我们脚踏实地的时候，美才会和我们同行。

细节才是生活的本意

事实上，由新闻引发的写作，屡见不鲜，世界经典名作《复活》《包法利夫人》都是有原型的。海明威写过两次世界大战，无论是《太阳照常升起》还是《永别了，武器》《丧钟为谁而鸣》，都影响深远，这些和他作为战地记者亲身经历战争是分不开的。

大众日报"丰收"副刊的作者白瑞雪和魏新也都是记者出身，表现在写作上，他们可能更敏感、更能发现和关注那些不为人注意的细节。

《德艺双馨的梅西》里，白瑞雪发现："至少基于目前信息，梅西太完美了，完美得不似明星，更像个劳动模范——你怎能因为劳模浑身上下挑不出毛病，就贬低他的价值呢？"

《雅不可耐》里，魏新发现："显得有文化"和"真的有文化"之间是有差距的，正如"雅不可耐"和"雅可耐"是不一样的，各位请自行参阅，对号入座。

一个写作者的笔有时候就像华佗手中的刀，刮骨疗毒也好，刺破脓包也好，是为了让身在这个时代的我们有所发现，是为了社会这个肌体能更健康一些。

一方面不能丢弃审美，但同时也不能刻意地营造世外桃源，写作者所要营造的，只是一个关注当下的文学上的大千世界。

可以"说说人间陈俗事",比方那个"调琴"的老头儿,不知道为什么,从他身上总能想到过日子这回事,仿佛只要用心修补,每一个日子都会发出美妙的琴音。

当然,也可以"声声只赞白莲花",写自己的内心,"有了心的召唤,墙苍老的脸庞或许就会多一丝慈祥,冰冷的心也会长出爱恋。那时,常青藤会回来,爬山虎会回来,媚眼含羞的花儿也会回来……"这么美的文字,大概就是告诉我们,写作,是表达心中理念的另一条通道。

喜欢旅行的人知道,去任何地方,再多的走马观花也不及一条小街慢悠悠地走过更加印象深刻,哪怕香港那样繁华的地方,放大一条街道,各种药房、杂货铺、腊味店、小酒吧逛过去,也是充满人间烟火气的市井。

因为细节才是生活的本意,就好像一个秀才当年赶考,故事全都发生在路上。在客栈下榻,让书童磨墨,听鼾声苦读……或曾遇到了夜里潜行的江湖侠客、打抱不平的绿林好汉。

然而,这个时代越来越缺乏细节。

盲人歌手周云蓬曾说过,未出名前,一步一步走过每一个城市,唱歌、吃饭、交友,每一个城市都有其特殊的味道、声音和形状;出名后,去哪里都是飞机,然后直接去唱歌的场地,演出完又坐飞机回去,所有的城市都变得一样了。

在匆忙中,人们无心留意身边的细节,无心关注事情的过程,剩下的只有结果和概念。

生活不是概念,而是无数未曾言说的细节。

文学作品的生命是细节,一个凝固的画面也有细节。这细节体现在想象与创造上,如果没有故事的细节,也就没有文学,如果没有视觉的细节,也就没有艺术。

用心去看

随着电影《小王子》的热映，这些句子又在朋友圈里刷屏了。

"你什么也不要说，话语是误会的根源。"

"如果是我，要是我有五十三分钟可以自由运用，那我会悠哉游哉向一道清泉走去。"

"无论是房子、星星或者沙漠——赋予它们美丽的东西是看不见的！"

还有很多。若要我推荐书的话，第一本一定会是《小王子》，第二本是《霍乱时期的爱情》。

推荐理由，一本是童话，却每一个字都写尽现实；而另一本，虽是写尽现实，却更像一个童话。

《小王子》里说，"每一个大人都曾经是孩子，长大之后就忘了"，他们各自活在自己孤独的星球上，千姿百态，却又那么雷同。

有的像国王，迷恋权力，需要服从，沉浸在控制欲中，享受着唯我独尊的感觉。

有的像酒鬼，行尸走肉地活着，不满意自己，又为自己的不堪、堕落不停地找借口。

有的像商人，只关心数字，忙于数字的增加，却从来不曾闻过一次花香，从来不曾抬眼看一眼星空，从来不曾爱过任何一个人……

在电影《小王子》中，就连小王子长成了"王子先生"后，竟也忘记了初心，因为他有了一份工作，心怀恐惧，生怕失去这份工作，每天活得像个奴隶。

那些貌似荒诞、夸张的童话式的角色与情节设置，却狠狠地击中了现实。人们忙于"正经事"，早已忘掉了用心看清生活本质。

而《霍乱时期的爱情》，去掉作者是诺贝尔奖获得者这个噱头，再去掉一部纯粹的爱情小说这个定语，它能吸引你的究竟是什么？

一个再大众化不过的题材，女神嫁了别人，男主黯然神伤，苦苦煎熬。作者却给了一个神奇的结尾，苦熬，苦熬，熬到八十多岁，熬死了"别人"，于是终于和女神团聚了。

这多像一个童话故事，"公主和王子终于在一起，从此过上了幸福的生活"。不同的是，这个"王子"等了51年9个月零4天，而这51年9个月零4天并非一笔带过，它是一天一天过去的。

于是，作者以慢条斯理的调调娓娓道来，有时候像缓缓落下的一记闷锤，而在你伤感震惊之际，它并不趁机加大火力推波助澜，而是仍然不厌其烦地用琐碎而真实的细节，把故事往前推——这多么像生活本身。

细节几乎布满整本小说，一个一个接踵而至，不是高潮的铺垫，不是情绪的渲染，只是生活。作者冷静地、不厌其烦地描绘，使得这部小说诗意盎然，更像一个童话：你只要纯真，肯守，准守得到，爱情是可以超越死亡的……

然而，现实生活中，这样的爱情早已消失了，这样的写作手法也早已消失了，在它们消失之前，是人的耐心先消失了。在耐心消失之前，是人那种因为缓慢的时间，因为需要等待所能酝酿的感情消失了。

就像《小王子》所说的，人们乘坐特快列车跑来跑去，却不知道自己到底要寻找什么。

无论《小王子》，还是《霍乱时期的爱情》，无论童话还是现实，都在告诉我们一个秘密，一个再简单不过的秘密：一个人只有用心去看，才能看到真实。事情的真相只用眼睛是看不见的。

不读书的反义词

在时下全民互联网、全民手机的环境中，读书的反义词不是不读书，而是看手机吧！

你是不是时刻都拿着手机？坐着的时候，躺着的时候，走路的时候……微博、微信、QQ？

随处可见，有人一边坐地铁一边看手机，坐过好几站后，发现方向坐反了；有人在拥挤的车厢里，死活要拧着胳膊，从包里掏出手机，拧巴着送到自己视线范围内，看个视频；有人约了朋友一起小聚，或是聚会开始前，或是聚会进行中，但感觉快结束了，纷纷掏出手机埋头缄默，这时，聚会就该自然散场了。

手机获取信息有什么不对吗？手机看新闻很好啊。但当我们成天拿着手机看综艺，看八卦，看各种各样糟粕时，会怎样呢？

作家梁晓声提醒年轻人，你如果跟大多数人一样，那你就注定一辈子只能成为"大多数人"。

永远不要和你周围的人一样。这句话，就连时下最火的"外星人"马云也曾有过类似的表述——如果一个方案有90%的人说"好"的话，我一定要把它扔到垃圾桶里去。

可是，看手机的反义词——读书，真的就一定更好吗？

常听人说，走了这么多路，读了这么多书，还是活不明白。也有人说，读了这么多书，又有什么用呢。这种把读书当成饲料的读法，营养也只能是饲料层次的。所以，并不是说，这边读完一本书，那边就马上会有对应的产出。书的营养不在于吃，而在于心领神会。

读书真正改变的，是一个人的气韵。

每一次阅读，都是一次对话，和作者的对话。真正有思想的智者，他们给出的是关于这个世界的"密码"。如果能心领神会，那么就可以通过这样的智者，拿到理解世界的"密码"。

像柯云路老师所说的这样四个"密码"：

文学名著，能够加深我们对生活、对人性的理解。

心理学著作，让我们在出现心理问题时，比如抑郁、焦虑时，能有正确的应对，知道如何适当地自我调整。

懂一点经济学，在日常生活和工作中，起码会明白社会与个人的成本与收益的核算问题。

读一点中国传统文化经典，对中华民族最优秀的传统文化有所了解。

丁肇中说过一句话，任何书，任何思想，都可以用一句话来概括和表达。如果做不到，那就是没理解透彻。

所以，是不是简洁，是鉴别一本书值不值得读，书中作者值不值得交谈一番的重要条件。

有些书，只看看封面，看看目录，就可以不用看了。还有的书，如果打开正文，看了五分钟还没发现这个人手里有什么"密码"，就可以不用看了。

吃东西我们都知道要吃有营养的，这样才会对身体有好处。化妆我们也知道要买好的化妆品，这样才会对皮肤好，假如是劣质化妆品，就是抹再多层，给人的感觉，不是腻，就是脏。

读书一样，必须挑好的，腹有诗书气自华，你通过阅读而形成的品位和气质，就是想让人忘记也不可能。

恶龙公主

看云卷云舒，秋日长空从不会让人失望，总是上演层出不穷的剧目。

只是，现在看落日要从南边的飘窗转移到北边的书房。那景象也由远山渐渐吞没一轮红日，变成熊熊火光在楼宇间燃烧。

有段时间，我特别热衷于推荐一个看星星的APP。

无论身处何地，哪怕宅在家中，只要打开这个软件，手机所对应的位置就是宇宙的某一处，大熊，小熊，银河，织女，随着屏幕的转动，尽享太空之妙。

只是最近山中一晚，身处屏蔽所有灯火的黑暗中，仰望苍穹，却有漫天星星眨眼，每一颗都触手可及，想起小王子说的话：我会住在其中的一颗星星上面，在某一颗星星上微笑着，每当夜晚你仰望星空的时候，就会像是看到所有的星星都在微笑一般。

仿佛实现了一个很久以来的愿望。四周秋虫呢喃，植物浓郁的气息仿佛粘上就一辈子也去不掉，感觉自己正一点点变大，无限膨胀，要冲出山之一隅，随脚下的地球和整个银河系旋转。

那一刻真是难忘。

最近又迷上一个叫形色的软件。只要点击一下地图就会知道周遭有哪些花花草草，像一部随身的百科全书，只是少了花的味道，少了伸手触摸的温润，少了阳光或雨水倾注在上面的色彩的变幻。

信息时代的便利让人欲罢不能，但切肤之感的丢失也的确可惜啊。

比如手写体的书信，那种墨迹的余香，肌肤的传感，哪怕是错别字，涂抹处，都有特别的味道，都有时间的轨迹，带来更多想象的天地和回旋的余地……

而"这种'最温柔的艺术'正在无奈地远去"。

检视书架上的书信集，看得最多的是里尔克的《给青年诗人的信》，喜欢里面勾勾画画了很多，做了很多笔记，甚至涂涂写写了诗作。

在信中，作者态度谦虚、口吻诚恳，与其说是以一个过来人的身份告诉收信人自己的人生经验，不如说是以一个朋友的身份在和他交流、谈心。

"走向内心，探索你生活发源的深处，在它的发源处你将会得到问题的答案，是不是'必须'的创造。""如果你在人我之间没有谐和，你就试行与物接近，它们不会遗弃你；还有夜，还有风——那吹过树木、掠过田野的风；在物中间和动物那里，一切都充满了你可以分担的事。"

冯志在评价此书时说："第一次读到这一小册书信时，觉得字字都好似从自己心里流出来，又流回到自己的心里，感到一种满足，一种兴奋。"

我最喜欢第八封信，仅仅因为其中的一句话——"也许我们生活中一切的恶龙都是公主们，她们只是等候着，美丽而勇敢地看一看我们。也许一切恐怖的事物在最深处是无助的，向我们要求救助。"

感同身受，这正是我们最缺乏的力量。毫无隐藏地展露自己的心路历程，比空洞的总结更加激励人心。

放下手中的六便士

比起春天的明亮四处盈溢，秋天或许更契合人到中年的心境。

千佛山上仍是满眼的绿，清晨有露水缀在蛛网上，阳光下闪闪烁烁，没有鸟鸣，没有一片树叶落下来，每一株植物都显出无欲无求的样子。

朋友坚持去更远的山里看看他发现的好风景。我好奇那是怎样的新大陆，结果不过是一处盘山公路的弯道处，面对空旷的山谷、层叠的绿树和秋收的梯田，大声说："看，多美。"

"久在樊笼里，复得返自然。"现代人果然是和自然远了，才更加体会陶渊明那样的感触：平日里忙碌，为现实烦忧，这自然是另一种樊笼，脱身出来，走到这自然里，便有了欣欣然的感觉。

寻一处依山的农家乐坐下，伸手处一棵累累果实的栗子树，那绿色的刺球有的已咧开嘴，看到里面胖胖的栗子，等它熟透了，就会从刺球里"咚"地掉下来。蓝天一望无际，只有远山边才有白云隆起。这样晴好的天气，待在屋里十分浪费，必得浪费在这样的天气和这样美丽的自然中，与朋友吃饭和聊天，才值得，满心都是享受。

分享近期所读书目，口味多少偏差，却不妨碍寻找各自的阳光、星星和月亮。

说到形式，都认为年轻时比较讲究，类似潮流时尚，总想有耳目一新的功效，只是时间是皮，时髦是毛，皮之不存，毛将焉附，就算外貌协会的将形式看得天大，但在写作中，过度炫技，对内容也是有损害的。

你一句，我一句，多像木心的《从前慢》里的那种韵味：记得早先少年时／大家诚诚恳恳／说一句是一句……其实，从前慢，现在也可以慢的。

在一个水库边，看天上的云一大一小两个团状，倒映在水面上也是明一处暗一处。有轻风吹过，水面布满了涟漪，一圈一圈推到岸上。

两位朋友都喜欢钓鱼，四处的水库都钓遍了，只是有时一条鱼也钓不上，水边枯坐一天，依然乐此不疲。

在山中游荡一日，对于平日的按部就班而言，已是出格。

现代人能有几个如梭罗一般，在一个落叶纷飞的秋日，仅带着一柄斧头和25美元21美分，住进杳无人迹的瓦尔登湖边的山林中。

27岁的他，或许在某个喧闹的时刻突然听到了自己内心的低语，就像叶芝在伦敦的街头忽然热泪盈眶："我就要动身走了，去茵纳斯弗利岛；我就要动身走了，因为我听到，那水声日日夜夜轻拍着湖滨；不管我站在车行道，还是人行道，我都在心灵深处听见这声音。"

这样的向往，或许也曾多次在你我的内心翻涌，只是，我们不敢像他那样舍弃世俗的一切去寻找和守住自己的瓦尔登湖。

也不能像恩特里克兰德，毛姆笔下的那"怪人"，当全世界都在追逐六便士，他却一抬头看见了月亮，在生命的后半程找到自己种满玫瑰的伊甸园。

是啊，伊甸园变成菜园子，未免太可惜了。但我们难以成为恩特里克兰德，无论是精神的无牵无挂或是能力的才华横溢，对于我们，可能仪式比形式更重要，时不时放下手中的六便士，抬头看一看月光，足矣。

以慢对抗

    雾霾天里，朋友发来她养的花花草草，菖蒲闲适，随遇而安，石斛上停留几只"紫蝴蝶"，展翅欲飞，就连没来得及吃的萝卜也开出了娇柔的小白花，含蓄娉婷，让人眼前一亮，那一刹那的时间也一亮，未来已来，2019年开始了。

    都说这个时代，信息爆炸犹如宇宙的诞生，巨大和无穷无尽里，谁都会染上一点两点焦虑，选择的焦虑，时间的焦虑。甚至起床看到阴沉沉的天，也焦虑。

    可总有办法的，对吧。你种花，我画画，一朵很大的花，占据整个画布，有七彩的花蕊，有透明的花瓣，还有一幅是从天而降的花雨，痛快淋漓着，足以照亮寒冬灰色的天际，总有一种力量可以缓解焦虑。

    央视主持人白岩松，他是靠看书解决，也看人："人也是一本书。"他在采访中不断接触所谓最牛的人，但是"我发现所有最牛的人都有他内在的焦虑和各种各样的问题，外在的那些职位、财富并不直接和幸福和快乐划等号"。

    他说读书帮了他很大的忙，"因为读书是在读自己和提升自己，我觉得我在提升，我在想明白越来越多的事情，那就好多了"。

    读很多书和读很多人让他学会接受缺陷，"接受缺陷之后我觉得就完美多了"。

在城里生活了20年之后，作家刘亮程搬到了天山脚下一个废弃的村落。

他说自己不是那种"下笔千言，倚马可待"的作家，他的观察发生于多年之前、无意之间，他的写作也通常要持续多年。

在那样漫长的时光中，他看到时间经过一个人，也经过一根木头，他在慢慢地长大衰老，身边那根木头也在不断地腐朽苍老。在同样的时间中，人和自然相看两不厌，这样的不厌，必定是两颗心灵的相遇——人的和自然万物的。

在这样一个事事"求快"的时代。评论要抢"沙发"，寄信要"特快专递"，拍照要"立等可取"，坐车选择高铁，做事最好名利双收，理财最好是一夜暴富……人人心头被一种求快怕慢的焦虑包围着。

而他，以慢对抗。

仿佛一列高速列车呼啸而过，已经身处其中的写作者们，如何描摹窗外变动的"当下"，怎样才能于浮光掠影中将它们真切地落实在字里行间。

"新的书写不是全面适应和跟从网络时代的表达习惯，而是以更顽强的实践，确立更高和更严苛的语言艺术标准。我们生活在这个时代，不可能置身事外。今后需要努力去做的，其实是怎样面对席卷而来的文字沙尘暴，开拓出一片片语言和文字的绿洲。要越发苛刻认真地对待自己的文字，一句咬住一句地写下去，是前进而不是溃退，缓慢地、一步一步地抵达。"

春耕、夏生、秋收、冬酿……生活是用来过的，也是用来想的，当你从时光的坛底把那个发酵的东西打捞出来，那个东西才突然成了文学。

我的五样

请拿出一张纸，把你认为生命中最重要的五样东西写下来。

然后，假设你必须放弃其中一样，选择它，然后把这一项用笔深深涂满，涂到完全看不见为止，代表你真的完全失去了这样东西。重复此过程，直到只剩最后一项，就是对你最重要的东西。

这是毕淑敏的一本书中提到的心理游戏，叫"我的五样"。

闺蜜说，她试了，感觉心里特别难受——选择之难，失去之痛苦。人生浮躁而充满诱惑，而你只能选择五样，只能。

当她写下"孩子"——是啊，那个幼小的生命与你血脉相连，关键时刻，怎能将他遗漏？可是，父母呢？没有他们，哪有我们？爱人呢？即使不是同年同月同日生，也不一定会同年同月同日死，能够牵手人间，已是多么难得的缘分……

当她写下空气、水，这些我们须臾不可缺少东西，重要性不言而喻。那阳光呢，只要拥有阳光，花会再开，春天会再来，连心的角落都不会觉得寒冷。

还有他的足球、她的宠物，还有爱情，甚至梦想，也是那样重要，只要有它在，我们就可以升华灵魂，在精神的世界放飞心的翅膀。

世界上最难的事也包括选择吧，选择之难，在于不知道如何选，或者根本没的选。

游戏继续，当你在千难万难的选择中划去一项，再划去一项，那意味着彻底割舍。失去的恐惧、痛楚弥漫开来。越进入状态，越投入，就越痛苦。

不管最后留下的是什么，它都会暴露出内心，让我们看清楚自己，看到终点。它也在提醒，拥有时珍惜，迷失时不妨考问一下自己，我到底要什么？

我要底要什么？当我在邮箱密密麻麻的稿件中，因为一句"如何让最黑暗寒冷的地方感受到温暖，与其抱怨阳光不够多不够暖，不如说是让阳光投射进来的天窗不够大不够多"，选择了《为阳光开扇天窗》；因为心有戚戚于"不敢言孝"，希望你也能共鸣作者的那番用心，"老人们对晚辈之爱，就像一棵根深叶茂的大树，让我们可以栖息、可以依靠。而我们大多数人的一些所谓孝行，充其量算是一只小鸟，只是偶尔才会回到那棵爱的大树上停留片刻"；因为妈妈的善解人意，"你不用为房租的事儿忐忑。就权当是为西岱岛缴的文化熏陶课时费吧"。但愿你不会错过女儿那"终于得偿所愿"的快乐。

原来，我们每天都在这个心理游戏中。

现在，请在纸上写下五个想去的地方，然后比较、斟酌、划去，只留下一个，就它了，释放一下选择的快乐！

老天的人情

济南最好的季节开始了。

可以先闭上眼睛，感受一下风从你的发间、耳际、脸颊轻轻掠过的温柔，然后，抬头看看天空那种养眼的蓝色、纯净的蓝色、久违的蓝色——恨不能把整颗心都融化到里面。最妙的是看一朵两朵云出来溜达，不断地变着魔术，天空成了最好的舞台。

这个时候若想抒情，可以朗诵里尔克的《秋日》：让枝头最后的果实饱满；再给两天南方的好天气，催它们成熟，把最后的甘甜压进浓酒。

不想舍近求远的话，去找找看魏新写过的《济南的秋天》："济南的秋天，总以一种生动鲜活的方式，在某一时刻突然打动我们。比如早晨在某个公交站牌下，闻到细雨中泥土的气息；比如黄昏漫步在曲水亭的老街巷，看到泉水边久违的炊烟升起；比如深夜徜徉在护城河畔潮湿的石板上，听到黑虎泉咆哮的水声。"

还可以看看李海燕的《尝一尝秋天的味道》："没有诗和远方，于是，只好和你说说不苟且的当下和日常，所有那些无所事事虚其心而实其腹的日子，从厨房到书房，在一手饲养肉身、一手喂养灵魂之外，阖上双眼，闭上心灵，只听一听秋风，尝一尝秋天的味道，给患了思家病的灵魂，在这茫茫漠漠的世界里寻个安顿归宿……"

人生如四季，最美好的季节也当属秋季。退去了年少的青涩，化解了中年的欲望迷惑，终于进入了成熟而丰沛的季节，正如上个周六见到的姜淑梅奶奶所说，活到现在，对不起自己的事儿是绝对不干了。

60岁才开始认字的姜奶奶，75岁正式码字，近80岁这年，已出了三本书，并且完成了第四部和第五部作品，但她称自己只是"三年级的小学生"。除了自己一生的传奇见闻，她还去"采集"故事，称之为"上货"。为了一个故事她会住在山上某个老人的家里，直到听到有趣的故事，记录下来。姜奶奶"上货"的过程不是次次顺利，也会遇到无奈的事情，比如那些总是嘴上挂着"我故事多着哩"这样的人，恰恰没有说出一个故事来；有的老太太本来讲着故事，却被叫去打牌，回来就把故事给忘了。

和姜奶奶聊天，轻松中处处可见智慧的闪光，老人家却浑然不觉，如读她的作品，"摆事实不讲道理"，家常一样的句子，清似流水，其实，好文章也可以一个成语都没有的！

坐在她身边，感受着她的从容淡定，一头漂亮的白发，目光清澈而温婉，穿着得体的旗袍裙，胸前是精致的刺绣，领口处有一个红宝石拼成的蝴蝶样的扣子，整个人精神得让我们这些晚辈汗颜。

说起养生，姜奶奶说，一不生气；二算大账不算小账；三再好吃的也不多吃，再不好吃的也要吃饱。

这保养的何止是精气神，若将这股劲儿用在别处，用在创作上，用在生活上，会怎样？人人都怕老之将至，姜奶奶给了我们最好的示范，"不怕起步晚，就怕寿命短"，哈哈，是不是有股勇往直前的气息扑面而来。

　　这么美好的季节里做什么都好，但最好还是出去走走，看看老天的人情到底有多大，是否如老舍先生所说："上帝把夏天的艺术赐给瑞士，把春天的赐给西湖，秋和冬的全赐给了济南。秋和冬是不好分开的，秋睡熟了一点便是冬，上帝不愿意把它忽然唤醒，所以做个整人情，连秋带冬全给了济南。"

你读什么书，你就是什么人

没有比这个春天更犹豫的了，一会儿冷，一会儿热，拿不定主意似的。

朋友在微信里说，棉衣千万别扔啊。而回到胶东的妈妈告诉我，那边的玉兰花才刚刚开过。

这个春天真的好漫长，漫长得有一个好处，就是在这个春天发生的事情在以后的日子里，会不会更容易想起？只要起个头：在那个特别漫长的春天里……

自从有了"世界读书日"，每个春天的这几天都会被"读书"刷屏，为什么读书，读书有什么好处，就不用说了吧。一千个读书者有一千个答案！

尽管钱锺书先生说：不识字的人被宣传所骗，而识字的人被印刷品欺骗。"不读中国书"，又曾经是鲁迅先生的一个主张。其实他们都是在说，片面的读书，不如不读。只相信单一的判断标准，人便容易浮浅。阅读在这个时候不是营养，而是毒药，有些人蠢和他读的书关系微妙。

选书很重要。有人看作者，他出一本，我买一本。有人看题材，弱水三千，我只取一瓢。还有人看封面，颜值才是王道啊！

所以，你读什么书，你就是什么人。

可以宽一点，有对比，更容易发现真相，同一个历史事件，我们看十个人的回忆，总比一个人的更能从历史事件中找到那个时代的精神状态。

若以量取胜，不一定每本书都要细读，可以先看书单、看名家推荐、听音频解读，去认识这些书。认识的书越多，就越能发现其中的精彩！然后再挑选感兴趣的书，重点读。

也可以窄一点，彻底读懂一本好书，就有可能获得别人一辈子的心血和宝贵的人生经验。所谓读懂，是因为人云亦云的太多，概念化理解也太多，想要突破这些俗见的屏障，必得少年读，中年读，不断读，即使同一本书，每个年龄段的感受都会不同。仿佛是最熟悉的东西，却会突然发现：过去原来真的不懂。

作家张炜给出的好书标准是：充分而独到的个人见解，同时又必定具备有益于人类生存的价值观。到经典里找自己喜欢的书，可能是聪明的办法；到长期喜欢和信任的作家那里找，也是十分必要的。

经典是常读常新的，也是一个民族最基本的精神食粮，它现在的印刷量仍然是最大的，可以一代接一代地读下去，没有什么"式微"的问题。

趁着世界读书日，我也囤了不少书。可是向来买书如山倒，读书如抽丝。

没时间是最大借口。数字时代，时间比想象的还要快上十倍，用来阅读和安静的时间，仿佛越来越少。任何事情想得明白并不容易，要做得明白就更难了。

古人强调读书三上，即马上、枕上、厕上，用现代的话就是公交上、地铁上、床上、马桶上！进化了那么多年，我们总不好意思比他们更差吧。最近看到一个句子说，中国的年轻人，一半在抖音，一半在快手。若是其中一个一半可以换成读书，那将是怎样的情景！

更何况，腹有诗书才能与这个漫长的春天更相配吧，不说了，我要去"抽丝"了。

文学的观察和表现

2013年终于来了，"末日"后的天空有什么不一样呢？阳光分外明媚？还是空气格外清新？或许我们真的有了劫后余生的心态，看到了以前看不到的，更加感念世间温暖。

人长着眼睛就会看，如果这看是细细地体察，就可以称之为"观察"。斯宾诺莎对"观察"下了一个定义："不赞美、不责难，甚至也不惋惜，但求了解认识而已。"意思大约是尽量避免主观定见的干扰和主观情绪的影响。

总觉得他说的这个"观察"是新闻记者的观察。从做记者第一天起，就时时被强调观察的重要性。著名记者穆青也说过："用眼睛采访是对记者的起码要求，是记者的基本功。"

因为，谁观察得愈细致、愈透彻，谁对客观事物的认识就愈深刻、愈真切，采到的新闻就愈有说服力和感染力。

但一个文学写作者或者一个诗人的观察是这样的吗？

他并没有看到云彩里有什么气体、什么成分，却仿佛看到上帝用无形的手在挥毫泼墨，并在心里细品那份最抽象的唯美。

他们也搞不清楚鸟到底靠什么飞翔，却可以看见阳光下那对神奇的羽翼划过的痕迹，像自由自在的天使。

　　他们对植物的光合作用可能至今不明就里，却看得见蓬勃着生命力的深绿浅绿，看到可爱的精灵相依相偎。

　　他们总是以独到的情感来体察人生和事物。

　　比如我们读《玩意儿》，作者付承堃眼中的父子俩，老子——"反正有钱花就得了，他管不了那么多。可要是自个儿那俩画眉叫得比别人的好，那他就更美了。"儿子——"眼下只想着玩儿，玩篮球，玩电脑，玩老鼠，他没去想过将来；或许他想了，他想到推土机一来，家里就有了钱。上学？毛！"

　　作家木心把这种观察称为"怀着悲伤的眼光，看着不知悲伤的事物"。

　　在他的《文学回忆录》里，其实更推崇"除了灾难、病痛，时时刻刻要快乐。尤其是眼睛的快乐。要看到一切快乐的事物。耳朵是听不到快乐的，眼睛可以"。

　　你到乡村，风在吹，水在流，是一种快乐。你在城里，看到那不能省略的"三个字"，看到"爱与关怀不光是放在心中，也必须在文字中、言语中以及行动上表达出来"是另一种快乐。

　　虽然，女诗人辛波丝卡说，即使最高的山／也不比最深的山谷更靠近天空／任何一个地方都不比另一个地方拥有／更多的天空。但她忘了，心灵可以。

　　《那些与灵魂有关的事儿》中，海燕说："忠实地直面和再现生活，是很好的艺术，超越了日常的经验拓展了人的想象力，是更好的艺术。"就像将蝴蝶扇动的微风和头上的星空的气息联系起来。这种观察的魅力何在？

　　如果是新闻，每天都会发生许多，大家看完报纸可能就忘了。可是，文学的观察和表现之后，会留下一种思考，或者只是美好也好。美好是永恒的，所有的事物都有永恒的一面，包括人生。

拥有更多的洁白

在柴静的新书《看见》里，有一个从小失母辍学的男孩，常常折磨小动物，说垂死的眼睛里才有真实。

柴静告诉他真实是很丰富的……"人能从洁白里拷打出罪恶，也能从罪恶中拷打出洁白。"

男孩问她什么是"洁白"，柴静回答："将来有一天你爱上一个人，她也爱上你，从她看你的眼神里流露出来的，就是真正的洁白。"

读完后我的心里莫名地感动，或许感动于柴静看似不经意地一推，男孩的思想从此转了一个弯也说不定；更感动于她孜孜以求真相的精神。

说到真相，脑海里挥之不去芥川龙之介的小说《罗生门》里的情景。那里面樵夫、强盗、妻子以及武士的魂灵各执一词，使得武士被杀的真相扑朔迷离。让人讶异于人性有多复杂，真相就有多复杂。《看见》里也有一句话："每一条细小的新闻背后，都隐藏着一条复杂的逻辑链。"

就说我们眼前的乡村。它早已不再是"鸡犬相闻、十里稻花香、把酒话桑麻……"而是"除了因为人口外流而导致的社会、经济失血，乡村如今还要面临因为治安失控而导致的流血问题"。

更深一层，我们可以看见，乡村已成为一个和城市对抗的象征。年轻人都奔向城市谋生，只在偶尔的节日里回去寻求亲情和小憩。这是这个时代一个惯常的生活景观，更是某些文学作品普遍的套路。

再深一层，我们似乎觉察到，灵魂的噪音已经没有地方过滤和平息。因为我们只顾前行，不再回头；因为我们已经忘了最初的愿望，忘了为什么出发。

还有人。人创造了世间多少东西，飞上了月球，但是人还在认识人的内心。

我喜欢陈建功老师说的这句话，"其实每个人都拥有一笔财富"。当然，前提是"我们得以对他们的人生历程或内心世界了解得多一些……"就像我们常说，苦难是一笔财富，可前提是我们对其思考，思考它给我们带来的改变和塑造，否则苦难只是苦难。

世界之不可思议，人心之不可言说，在探寻真相的过程中，笔力尤其显得无奈。但我们还知道努力，努力本身就是好的。知道认识有多深，呈现才有可能有多深。这不只是作为一个写作者的追求。

爱着，就可能拥有更多的"洁白"。在"你"的眼中，彩虹是气象中的一种光学现象。当太阳光照射到空气中的水滴，光线被折射及反射，在天空上形成拱形的七彩光谱。在"我"的眼中，它是纳纳波宙牧场旁边瀑布上方那些神奇色彩的倒影，它是自由，是美的向往。

什么样的眼睛，看到什么样的世界。你是谁，便遇见谁。

学会做一个"普通读者"

　　我一直想问：每次看完"丰收"版，当你从长长短短的几篇小文中抬起头来，会有些什么不同发生吗？

　　或许你会说，没有什么不同啊，日子该怎么过就怎么过，欲望没有多也没有少，你是你，我是我，还是一颗平常心。

　　是啊，英国女作家伍尔夫说过，要学会做一个"普通读者"，在这期的"海天闲话"里，作者李海燕又一次提醒：一个"普通读者"不该要求名声、钱财，也不必要求常识、智慧甚至信仰——即使"它"最终可以予你这些。你只要从中获取单纯的快乐就可以了。

　　或许你不同意，觉得还是有什么不同发生了——

　　比如这篇《走自己的路》里，在似乎有悖常情常理间予人一分对"奶奶"的温情与敬意，让人感受到我们常常视而不见的生命的有情。如果说，作者的文字好像放到一条清亮的小河里淘洗了一番，洗净铅华的文字却显得朴实深情，而这恰恰因为生活本身就是这样朴实深情。

　　关于文学与生活之间某种奇妙的因缘关系，雷蒙德·卡佛有一段话："我想，文学能让我们意识到自身的匮乏，还有生活中已经削弱我们并让我们气喘吁吁的东西。文学能够让我们明白，像一个人一样活着并非易事。"

但文学是否能改变生活，雷蒙德·卡佛说他也不知道。他只知道，真正的文学绝不是与朴实深情的生活相对立的。

相反，它使我们突破自我欲望和虚拟幻觉，回到生活本身。

原来，身边小事皆可入文，一动一静皆可成诗。人不必高高在上地摆架子，更不必在万物面前骄傲。一花一叶，一草一木，万物同体，这才是我们跟世界的关系。

如果当一个人通过阅读，清醒地懂得自身与时代，与历史，与他人的关系，并深切感受到自己及人类共同命运，我们有理由相信，文学蕴藏着巨大的能量。

至少，我们从《羲之帖》中，从这样一种文学风格——"没有伟大的人生议论，没有刻意造作的文体风格，没有华丽修饰的辞藻。"中感受到晋人偏安江左一清如水的风骨。

我并不期望，你从"丰收"版上长长短短的几篇小文里抬起头时，如诗人里尔克那般夸张，"一切都已变得伟大"。生活继续，还是如伍尔夫所言那般："请你们写各式各样的书，不论题目是多小多大都不要犹豫。不论用什么方法，我希望你们能弄足了钱去旅游、去闲游，去冥想世界的过去、未来，在街头巷尾徘徊，让思想深深地沉入流水中去。"

窗外，春的样子已越来越好看了，树发芽，花含苞，真正的文学也是这样，根在最切身的生活里，可向上伸展却能连接起大地和天空。

文学基因图

每年这个时候，空气中除了中高考带来的焦虑外，还多了一缕粽叶的清香。

端午节快到了。传说中，2000多年前五月初五，诗人屈原投汨罗江而亡，百姓为了他的遗体不被鱼虾吃掉，就往江中投放粽子。

年复一年，当年投水的波澜似乎一直涤荡到了今天，然而，即使没有端午节，屈原的名字也绝不会被历史遗忘。因为他的诗，因为他的《离骚》《九歌》《天问》……从汉末，三国到魏晋，一路受他诗歌的影响，直到后来清末的文学家，再后来的鲁迅、郭沫若，也都受到他诗歌影响。

此刻，你想到了什么？

我突然想到了基因遗传，虽然貌似八竿子也打不着。

最近，好莱坞影星朱莉因携带"错误的"基因，BRCA1，也就是乳腺癌易感基因，切除双侧乳腺，将自己患乳腺癌的风险由87%降到5%。

都说"送礼不如送健康"，时下，一张基因图成了最好的选择。

基因图会让我们看清楚，家族的良性遗传在哪里，"错误的"基因又是什么。有同事曾因耳后的疙瘩去医院就医，看完后医生建议先消炎再说，同事说父亲和大哥均受癌症困扰，担心自己有癌症基因，请医生做肿瘤检测。医生认为有点小题大做，但做过之后果然查出鼻咽癌。幸而干预及时，术后效果良好，同事复得健康。

这并非故弄玄虚，我当然知道个体差异之大，除了遗传，还有变异之说。只是想到，我们也应有一张文化基因图。或者，对从事文学创作的人而言，有一张文学基因图。

从《诗经》《离骚》到汉乐府，从唐诗宋词明清小说，到现代白话文写作，从屈原、竹林七贤、陶渊明一直到今天，我们的文化血液中一定也有他们的遗传基因。

就说《离骚》，只有三百七十多句，却包罗万象。诗人在残暴、卑鄙的政治环境中，却能有这样一首高洁优雅的长诗。气度雍容，极度唯美，开中国伤痕文学之先河。

我们或可学习一二，又或者能够继承和发扬一点半点。

比如，"朝发枉渚兮，夕宿辰阳……"，"入溆浦余徘徊兮，迷不知吾所如……"琳琅满目的文字，时空交错的起伏，配合情绪的飞扬，这种手法，应该是现代意识流的开端吧。

再比如，诗人用香草美人作比喻，写神写鬼，却都是人性的升华。一脉相承下来，我们也可以由自己的气质选择，或写实，或写虚。换句话说，文章的高度只能由自己来成全。

这就是我们的文学基因图吧，遗传和变异，继承和发展，都在里面。现在读《少司命》《九歌》《天问》，比希腊神话更优雅，比荷马史诗更纯粹，你如何能看不见自己遗传基因中最优良的那部分。

被时间改变

"时间可以改变一切……"这句话若出现在电视剧中，多半是为了情节的峰回路转，助身陷纠结的男主角摆脱困境，或让满怀憧憬的女主角看到希望。把它放在现实生活中，一样像魔术师的道具，带来意想不到的结果。

一本书，隔着十几二十年去看，书还是那本书，可字里行间多了许多从未留意的新鲜东西，或者与当初的感觉完全南辕北辙。

大学时读遍了三毛所有的书，羡慕她"万水千山走遍"，于漫天黄沙中编织的那份浪漫。现在读，却惊觉发黄的纸页里一点一点渗出苦涩，原本掩藏得很好的无奈露出端倪，真不知道当年那种堪称异样的激情哪里去了？

二十岁时不喜欢波德莱尔的《恶之花》，不喜欢废墟、垃圾、嚎叫、丑陋之类的词语，认为写东西一定要选明媚、轻快、闪亮、芳香的字眼。四十岁时再看它，那些曾经避之不及的词语却有了一语成谶的效果，那么精准地描述着几十年后的机械生活和空洞心灵。

还有那些作为课后作业的书，《战争与和平》《约翰·克利斯朵夫》……几乎囫囵吞枣下去，如今重新反刍，竟发现它们是多么奇怪的小说啊。

这些鸿篇巨制里充满了形形色色的谜团和暗示，有些是作者创造出来的，有些早已凌驾在作者之上。像一个个暗藏机关的箱子，大世界里套着小世界，小世界里套着更小的世界，组成一个错综复杂的宇宙。然后，它就安心在那里等着，等我们找到出口。

我终于发现《安娜·卡列尼娜》里的女主人公安娜·卡列尼娜居然直到120页才出现，而这之前全都是那个叫渥伦斯基的无聊家伙的日常生活，舞会、赛马、访亲、会友……这太不自然了吧，若放在今天，我们哪有耐心老老实实地等着美丽的女主人公出场？

是那个时代的人拥有更多的空闲时间吗？可以一整晚地去看星星、月亮，而如今的我们抬头看两秒钟都是难事，更别说完整地看完一本书或一篇文章。难怪人人都是"标题党"，不"标题党"行吗？一条新闻、一篇文章或一本书，别管标题是否牛头不对马嘴，只要能吸引住眼球，否则，便是"石沉大海"的命运，"沉"到信息的汪洋中踪影全无。

已经高中的儿子抱怨"阅读理解"题总是不得要领，我说只要多读几遍就好了。他抢白，哪有那么多时间啊。

是啊，新闻越来越多，刷屏的速度越来越快，时刻都忙碌于草率地观看，生怕一个死机或断电就与这个世界脱节了。而事实是，我们早已与这个世界脱节，树叶的颜色，鸟鸣的声音，风的节奏，谁还会通过它们对周围有一个贴切的认知，谁还会在文字里安顿自己的身心。

我们都被时间改变着。

对于作者，你仍然可以成为驾驭时间的高手，用心书写时间的记忆与遗忘，或舒缓或峻急，或颠倒或前行，或绵长或短暂。

对于读者，时间可以水滴石穿，让我们看到别有洞天；也可以如漫天飞雪，扑面而来，却什么也留不下。

少年与老狐狸

少年有一只温柔的鸽子，羽毛斑斓。他非常钟爱它，用口嚼食物的方式喂养。独乐乐不如众乐乐，他希望别人也能分享这一爱好。有只老狐狸住得不远，见多识广，还常常讲些诳语和奇闻，使少年听得非常高兴。"我要让狐狸看看这鸽子！"

老狐狸见了鸽子，说还不错，可是缺点也有很多。比方羽毛生得太短了。他开始给这只鸽子拔毛——要给它换大毛，否则就不配了，不能飞。最后拔光了毛，鸽子变得难看无比。

少年觉得心都碎了。

这是山东省第十一届青年作家（文学评论）高级研讨班上，著名评论家李敬泽老师的讲座中提到的故事。它来自歌德的一首诗《艺术爱好者与批评家》，表面上似乎在发批评家的牢骚，实际是提醒"爱鸟的少年"，千万要警惕"老狐狸"。

就像老狐狸心里自有一套理念，而忽视鸽子本身的美，那鸽子就怎么长也不对。有些评论家也是只对"知识谱系与学术传统"负责，不对活生生的经验负责。

而作家与评论家在精神上应当是一致的。正如李敬泽老师指出，只是路径不同，从根本上说，都是围绕着人，围绕人的经验。

就拿《红楼梦》来说，那些"红学"研究者和评论家的作品同样令人折服。随他们的文字进入人物更深的内里，仿佛看到凝聚着所有人类经验的皱褶被——打开，即使200年前的虚构人物对后来者仍有教益和启示。

鲁迅先生读《红楼梦》曾道，"经学家看见《易》，道学家看见淫，才子看见缠绵，革命家看见排满，流言家看见宫闱秘事……"这是对读者而言，更是对评论家而言。一个评论家的标准就包括他整个的生命状态，对整个人类经验的把握和选择，涉及他整个的人生趣味。

所以，有"知识洁癖"的科学家在看《地心引力》时，"难以容忍航天器们脱离引力模型乱飞乱撞……"

一个价值观是"因为爱吃，所以爱生命，爱生活"的人，才可以与苏东坡产生共鸣，发现他也是"资深"吃货。

无论对评论家，还是读者，"发现"——意味着除了要有耐心，更要有能力。这能力包括想象力，包括对人心、对社会宽阔的感受力与宽厚的理解力。

现在，信息的传播速度如此迅速，每个人都觉得自己对世界知之甚多，每天网络上，QQ、MSN、微信、微博……从早到晚，无穷无尽的新闻旧闻扑面而来，而另一方面，我们又前所未有地知之甚少，对于人，对于人心，对于泡沫覆盖下的流水。

或者我们根本不感兴趣，我们只满足于在微博上发发牢骚，然后在微信上继续秀这秀那，复制粘贴。网上流传一个段子：世界上最远的距离，不是生与死的距离；而是我在你身边，你却在低头玩手机。

我想说，够了，关上手机吧，走到她旁边，看着她的眼睛，听听她的声音；或走到真正的自然中去，看看天空和流云，听听久违的心跳和呼吸声。

阅读成瘾

阅读是有瘾的，我身边很多人都染上了这种瘾。比如，晚上不读点什么就不能入睡；一周不去书店转转，就心慌意乱；更深瘾者，三日不读书，便觉言语无味，面目可憎矣。

虽然有烟瘾的戒烟，有酒瘾的戒酒，甚至有游戏瘾的戒网，唯独，有阅读瘾的却从未想过要戒了阅读。

即使阅读是件冒险的事。因为，当你深入文字的丛林后，并不知道前方会有怎样的不期而遇，好人、坏人、卑劣者、高尚者、英雄、胆小鬼……他们从无形中来，却借你的身体存活下来，从此，你的身心有了这样那样看得见或看不见的印迹。

文字间还潜藏着各种情绪，有的让你心有戚戚，唏嘘不已；有的让你忍俊不禁，啼笑皆非；还有的让你喜出望外，多云转晴。

就拿这几篇文字来说：

《触手苍凉》里，随作者一起走在回乡的路上，仿佛是去给自己的亲人扫墓，"握着锄头，触手苍凉"。已分不清是文字中渗出的苍凉，还是自己心中的有感而发，"死的死了，生的生了，族亲血缘就这样生生不息"。

刚刚离去的魔幻现实主义作家马尔克斯说过："父母是隔在你和死

亡之间的一道帘子……等到你的父母过世了，你才会直面这些东西，不然你看到的死亡是很抽象的。"

不管你意识到没有，当你走出这些文字，你和之前的自己不太一样了。

在海上漂了两个多月的白瑞雪，深深染上了《像海一样的孤独》，这孤独曾是"一个无处安放的灵魂"的孤独，是"一个曾经辉煌的民族在苦苦挣扎中仍被世界近代化大潮无情抛弃的孤独"，也是写《百年孤独》的马尔克斯笔下的孤独。

他曾经说："过去都是假的，回忆是一条没有归途的路，以往的一切春天都无法复原，即使最狂乱且坚韧的爱情，归根结底也不过是一种瞬息即逝的现实，唯有孤独永恒。"

可我们生来就是为了享受孤独的吗？

对于阅读成瘾者而言，的确如此，因为阅读也是孤独的，是这个世界上很私密的一件事。

相对于电子阅读的轻便快捷和冰冷单调，纸质阅读似乎更加亲切和贴心一点。

纸张的触感，油墨的味道，还有翻动纸页的声音，都给人实实在在的感觉。有人把喜欢的文章剪报成册，使阅读更像一种仪式。可以把它捧在手里，也可贴在胸口，可以在上面写下此时此刻的心得，日后再看，不知会引发怎样的触动。

就好比吃饭，我们总抱怨做饭浪费时间，然而要吃到真正暖心暖胃的饭菜，一定得是自家厨房里的亲力亲为。

只要人类的脚步不停止，阅读就不会停止。虽然，全球纸媒都在悲壮回应时代挑战，我无力拖住纸书远去的足音，只想多囤些，再多囤些，在厚厚的纸堆里，好好过把阅读瘾。

生活中从来不乏诗意

树虽然还绿着，可落叶已经聚集在树下，黄色褐色丰富的样子，并没有凄凉萧素的感觉，只会想到秋天的阳光，想到午后咖啡上那层焦糖，暖暖的，甜甜的。

因为读到法国诗人儒勒·列那尔的小诗《蝴蝶》：

这封轻柔的短函对折着

正在寻找一个花儿投递处

心中便起了一层涟漪。

诗就是有这样的魔力，它会唤醒内心深处本能的对于美的爱；它会告诉我们，这世上美的东西多，丑的东西少。

前两天去参加诗人葛玉莹的诗词品读会。

16首诗，按春、夏、秋、冬四个主题，在轻柔的音乐声中娓娓道来。

诗人在思想、情感的空间里，思接千载，空灵曼妙；而在现实空间里，他苛求细节，辛勤耕耘。创作时，激情浪漫；工作起来又可以废寝忘食。如此大的反差，却格外真实，激发出更多的创作热情。他说，有的诗，写于凌晨，且一挥而就。有的诗，是被某一个场景触动，自然流出，无须雕琢。

嘉宾们抑扬顿挫地读诗声中，让人不由自主地沉浸在诗境中静下心来……

身边的朋友说，听着诗里的每个词、每个句子，在空气中跳动，烦躁的心会慢慢降低频率，生出喜悦，真好。

诗就是有这样的魔力，它把遮蔽我们眼睛的那片叶子拿走，让我们停下脚步想一想，生命中除了奔跑，还有什么？

就算在朋友圈晒书被嘲笑"装"，抒发点儿情感、理想，被说成是"假正经"，那又怎么样，大可像法国作家尤涅斯库的剧本《犀牛》的主人公一样勇敢说"不"。

社会除了现实，还有精神层面的东西。诗人告诉我，诗于他，是精神的营养酶。你读诗，写诗，让诗意孕育自己的氛围。你的精神世界每天都会是清新的、彩色的，充满生气，你会有格局、有心境、有能量。

这是文化的自信与从容，这是我们正在找回的气质。

一位参加活动的老画家说，现在的人不喜欢诗歌了，只热衷于转瞬即逝的东西，身体和思想都变懒了。应该鼓励年轻人沉稳些，拿起笔，记录时代的灵感。

中国是诗的国度，每个中国人从小就耳濡目染，对诗慢慢产生了憧憬。诗人说，他用每天写日记的形式，梳理一天的经历和思绪，所读所见所闻所为所思，很多都触碰你的心灵，你感动了，就有表达的愿望。

生活中从来不乏诗意。发现，用心即可。看长空一道雁阵划过，任思绪飞扬；看秋光里赤橙黄绿，哼一曲喜欢的歌；在陌生的世界里，找到一张亲切的笑脸；在目光的交织里，传递信任和谅解，哪一样不是诗意？任何年代都会有风雨，有晴天，去感受生命中的快乐与美好，是情怀，也是智慧。

所以，即使不会写诗，也要像诗人一样活着。即使不写诗，也要让生活充满平凡而神圣的诗意。

你还没有"驯养"我

一到年底，一个叫时间的东西就会跳出来。

只是，它并非如名词解释那般，一小时等于六十分钟，一分钟等于六十秒。每个人对它的看法都不一样。

小孩子会比喻，长得看不见尽头，像天边那么远，什么时候放寒假？什么时候才过年？

而老人的比喻会是，一辆加速飞奔的火车，一眨眼又是一年。

法国哲学家Paul Janet在1897年提出了一个理论，关于人类对时间流逝的心理感受速度。他说，一年的时间在人的记忆中所占的比重是不一样的，比如当你一岁的时候，一年就是你生命的全部，而当你50岁的时候，一年只是你生命的2%。这样，你的生命越长，一年时间所占的比重就越小，这意味着让一个五岁的小孩为过年等待20天相当于让一个50岁的人等待一年。

有人管这叫用对数的方式感知世界。再比方，当你只有两块钱的时候，其中的一块钱显得多，但是当你已经是亿万富翁的时候，那一块钱就微不足道了。

很想知道，如果设计一款游戏，让小孩和老人分别估计一分钟的时间长短，实验结果会怎样呢？

这种心理感受据说和记忆有关，在人生的早期，谁都会遇到无数的第一次：第一次上学，第一次游泳，第一次外出旅游……这些经历会在大脑中留下浓墨重彩的记忆，而长大后，这样的记忆片段越来越少，回首往事，就会错觉人生的早期是一段非常漫长的时光。

而随着年龄增长，时间的速度越来越快。快得留不下任何印迹，这令人不甘，徒生悲哀。

如何让时间慢下来，那样生命也会随之延长。

可以尝试一下童年时的方法，多接触一些新的事物，在大脑中留下一些印象深刻的回忆。

还有"驯养"。就是建立一种关系，这需要有非常的耐心。

《小王子》中，小王子对狐狸说，我们做朋友吧。狐狸说，可是你还没有驯养我。

狐狸需要小王子离它远一点，然后一点点慢慢地接近它。它需要小王子给它一个幸福的期待，比如每天4点出现，那么3点的时候，狐狸就可以在幸福的等待中迎接小王子的到来。

驯养使得彼此成为这个世界上独一无二。无论对人还是对事，你只有郑重其事地花费了很多时间，才会在时间的长河里拥有难以磨灭的记忆。

文字亦然。

小说《活着》中，余华写福贵的儿子有庆死后，他看到那条通往城里的小路，月光照在路上，像是洒满了盐。这个意象表达的是悲痛在无尽地延伸，因为盐和伤口的关系是所有人能够理解到的。

而为了找到盐这个比喻，余华耽搁了好几天，他告诉自己，一定要写下那条小路在那一刻给了福贵什么感受。怎么写呢？他记得以前用各种方式描写过月光下的小路，有些是纯粹的景物描写，有些用抒情的描写，也用过偷梁换柱的比喻，比如曾经说它像是一条苍白的河流。但是这次不一样，一个父亲失去了儿子，刚刚埋下，极其悲痛，他看着那条月光下的小路，只要一句话就够了，多了没有意义。

也许正是这几天时间的花费，才让我们对那个字印象深刻，难以忘怀。

其他亦然。回首这一年，我们都在哪些人、哪些事上花费了时间，那一刻，时光的脚步就慢了下来。

且叹且且感动

是谁把温暖筑在向阳的坡上

上周去给天天开家长会，教室里大都是妈妈，零星几个爸爸很是扎眼。班主任不失时机地提醒，孩子的教育，爸爸是不可或缺的另一半。又大大表扬了其中一个爸爸，说每次都是他来给孩子开家长会。那个爸爸不好意思得脸都红了，一个劲儿谦虚：这就算"优秀"啊，也太容易了吧。

是太容易了。小屁孩们就喜欢刨根问底儿，问题总是无穷无尽，甚至有时候还会让人抓狂。"爸爸，为什么飞机在天上飞啊？""爸爸，为什么太阳白天出来，月亮晚上出来啊？""爸爸，世界上最大的数字是多少呀？""爸爸，我是从哪里来的啊？"……对于这一系列问题，偷懒的爸爸们有一个统一的标准答案："去，问你妈去！"

现在，情况似乎变了。爸爸不再只是赚钱回家的角色，爸爸在家也不能只在一旁看报纸了……身边有个同事说，儿子处在叛逆期，每过一段时间就要积攒几个问题与他在QQ上论战，一副初生牛犊不畏虎、打破砂锅问到底的架势，同事也不敢马虎，总是打起百分百的精神应战，绝不能跌了份，让臭小子给小瞧了。

不管是养育型父亲、学习型父亲、传统型父亲还是现代型父亲，去掉这若干定语，"父亲"永远是个刚柔并济的词汇，他在平淡中给我们最永恒的安全感。

难忘很久以前看过的一个很美的画面：是"母亲"辛苦地找来小虫、草籽、露水，喂给嗷嗷待哺的小鸟，是"父亲"奋力把这温暖的巢穴筑在向阳的坡上。

还记得早年课本上朱自清的《背影》描述出那份深沉的父爱，这一份父爱犹如月光平凡而美好、无声而温馨。

不同的人，对父爱的感受和体会自然不同。

《一直幸福》里，作者用淡淡的笔墨勾勒出一个既平凡又伟大的父亲，既朴实又令人尊敬的父亲！

"他好像总有使不完的力气，做了这个又去做那个，忙完了这边忙那边。"

"他是如此强壮的一个人，我从没想过他也会受伤也会生病，而且还要装成没事。"

"他从没有长时间离开过家，即使要出远门，他也会很快就回来。"

"他说，你们读书可以学到更多知识，对社会更有用处，别人就不敢嘲笑，同时也让我脸上有光。"

好久没有从方块字中获得如此丰富而又干净的感受了：善良、温暖、通达、透亮……父爱如那清澈透明、缓缓流淌的溪水，虽没有惊涛骇浪般的气势，也不及高山险峰那般雄伟，却能息息不停地、永远滋润着我们的心田。

读罢不禁思考，要怎样回馈父亲的爱？都说爱要大声说出来，可对于爱，我们总是不善于表达，埋藏在内心深处的那份对于父亲的爱，总是藏在心里！

那就在心里说吧，父亲，我爱你！因为，你是父亲，全世界只有一个，失去了，就永远也不会回来了。

还等什么，后天是父亲节，一个难得的好机会。

倾诉与倾听

和妹妹并排躺在床上，还像小时候那样，黑暗中大睁着眼睛，八卦最近的新鲜事，说彼此的快乐、烦恼。她抱怨我总是不回短信，我苛责她动不动就炒老板鱿鱼。

其实，这一切都无关抱怨与苛责，只是信任。

就让我的眼神对着你的眼光，就让你的倾诉接受着我的倾听，用敞开的状态发送与接收。声音里一定有一条秘密通道，沿着它能慢慢步入彼此的心灵，滴答滴答的时间之河里，排遣掉生命里灰色的影子，在沟通里激动着彼此，找到了以后改变姿势的可能……

文字里仿佛也有这样一条通道，可以看到遥远的过去，看到现在一些静静地等待描画的场景，人们存在的样子，生命的延续。一切文学也都可以看作是一种自我的倾诉，仿佛是另一个自己在看自己。

就这样，渐渐地倾诉中，意识在叙述中得到梳理，自我在审视中得到净化。人总要给自己的生活寻找理由，为人生寻求意义。于是从解剖自己到解剖世界，从解剖个人到解剖众生，从肉体解剖到精神解剖，会发现，这真是一个复杂的过程。

正如刘玉堂老师说过的，随笔要有意味要有趣味，既是倾诉对文章的理解，也是倾诉对人的认识，对人生的认识，"相交忘年，不是为了去指导，而是接受指导，或者说得婉转一点，是接受影响、得到启发。这是遏制衰老的唯一办法"。

我们需要倾诉，正如我们也需要倾听一样，因为在这样的过程里，我们可以发现了许多美好的东西，许多折射灵魂的声音，我们小心翼翼地收藏着，可以清晰地在过程里定位着我们的存在。

妹妹说，我看到未来的你了，你满头白发，坐在一间屋子里练习书法。

那你呢，背驼了吗？

一点也不驼，笔直的，还很精神呢！

真好，黑暗中的我禁不住微笑——我们是一起老去的。

高度超常论

　　参加同学聚会，难忘的不只是同学脸上渐渐弥漫的沧桑，相见时彼此的欢笑与眼泪，还有亲爱的老师们看似平淡又回味无穷的话语。

　　老师们老了，可他们的气势从未老过。

　　已经81岁的傅正乾老师，当年教我们中国现代文学史，曾用气吞山河的底气、字正腔圆的陕西话朗诵郭沫若诗词，"饿（我）是一只天狗啊，饿（我）要把日来吞了，饿（我）要把月来吞了……"

　　聚会那天，花白头发的他依然目光炯炯，一字一顿地告诉我们，人的一生啊，逆境好过，顺境却反而容易出问题……我仿佛又看到当年他在讲台上激情昂扬时头上冒出的腾腾热气。

　　还有教文学理论的畅广元老师，一度让我们崇拜地认为是最有学问的老师了。可他沉重地说，当年曾把一些在今天看来伪科学的东西传授给我们，误人子弟让他一直深感内疚。

　　老师的话令我们震撼和感动。人不是越老越固执吗？而一位古稀老人何来这样的勇气，在感谢他师恩的学生面前，承认自己的错误？

　　老师欣赏清朝写《艺概》的刘熙载，说他在涉及苏东坡时有两句话，"远思出宏域，高度超常论"。

　　或许正是远思，正是高度，才让老师不断推陈出新，最终水落石出般，看到了真理的面目。

或许只有远思，只有高度，会让我们捕捉到文字的喜怒哀乐，触摸到生活的内核。

还记得电影《盗梦空间》里那个造梦小店吗？十几个穷人每天都要去那里睡上几个小时，醒来后回到现实继续余下的时光。那店里的老人说："现实才是他们的梦境世界，梦才是他们的现实世界。"

于我们而言，眼睛看到的有多少是真实的？耳朵听到的有多少是真实的？手里触碰的有多少是真实的？当追求物质有人说你现实，也有人说你有抱负时；看淡了物质有人说你假清高，也有人说这叫觉悟时，你不由得开始怀疑，什么是真实？

老师说过，写作者观察人性，绝不只是简单地看一个人在某种环境下对某件事的某种行为。"远思出宏域"，写作者在观察生活时多一些宏阔的视野，作品才会有力。

同样，"高度超常论"，一个写作者在他的作品里面，要写出让人们看了以后真的有启示性的东西，非要具有高度不可。

慢下来

有些日子再也回不去了，但节日总能让岁月变得浓郁一点。古人过节，相聚、纪念、欢庆；今人放假，消费，沉醉，旅游……

而邮箱里，总有一些"勤劳的人"，即使除夕，即使大年初一仍孜孜于写稿子发稿子，再看看那发稿的时间，根本不为春晚抢红包所动，也不为子夜的鞭炮声所扰。

这样做需要理由吗？需要吗？至少应该有一个，如著名诗人博尔赫斯一样决绝：我知道我命中注定要阅读，做梦，哦，也许还有写作。

关于阅读，麦克尤恩说：最美好的阅读体验，是达到"无我"的境界。完全沉浸在其中，几乎忘记了自己的存在。当然，更忘了年节，忘了周遭的狂欢。

阿兰·德·波顿则说：读书无用，但仍要读。

艺术的美好或许就在于它是无用的，梦境也是同样。

如果一个人从来都不做梦，是很可怕的。在梦里，人才会释放自己的焦虑。又或许，写作也是做梦的一种方式。一个人身心遭遇痛苦，会使他对世界异常敏感，敏感者如果做梦，梦也奇异，如果写文，文亦梦幻。

《被风吹响》里，"风吹响那些可以被吹响的东西，并且使它们干巴巴的躯壳具有了灵魂。被风吹响的物在振动，安慰了其自身"。

好的作品也是这样，会让不安的人感到安慰……文学作品之所以吸引我们，一个主要的原因是各种情绪的体验，喜怒哀乐的感同身受具有滋养和救赎的效果，我们内心深处的孤独因此得以减轻。

所以，"当卡夫卡在他的日记中说'青春的荒唐。对青春的畏惧，对荒唐的畏惧，对非人生活的无意义增长的畏惧'时，他的身体发出了轰鸣。在沉思的风中，我们的身体可以成为透明而中空的乐器"。

只是，时代发展到今天，阅读和写作以另一番面目出现。网络上，我们读的似乎越来越多，记住的却越来越少。写作的工具越来越灵便，作品的数量也越来越多，品质却并非越来越好。

显而易见，写作速度快到一定的程度，就可能催促和破坏思想。

当你把文字排列组合，使其拥有一定的意味和趣味，词句的巧妙，思想的深邃，一条线串连全部，牵一发而动全身——这一切都得慢慢想才行，直到想好了，记下来。这个过程太快了不行。太快，就会逼它走向另一端，走向粗糙。

太快，囫囵吞枣，阅读过程中也没有了对文字和语言的深刻感受，没有了被文字和语言浸润和感染的快意，它们只能成为一种代码和符号，在使用中也就与一般的传媒体没有了根本的区别。

而且，网络使得一切传播速度加快。快到一定程度，就有可能"覆盖"，如著名作家张炜先生在《李杜遭遇网络时代》中所说，"不是一般的覆盖，而是千万重的覆盖，最后动用千军万马都无法挖掘和寻找那点艺术和精神的真金"。

慢下来！慢的东西更能打动人心，慢下来，才看得到，听得到，品得到潜藏在寻常日子里的诗意。

那种只闻花香，不谈悲喜；喝茶读书，不争朝夕。看阳光把日子拉得悠长，岁月静好。

忙，也要忙得其所

我们很多时候把不能走进自然，没有亲近植物归结为"忙"。是啊，现代人太忙了，隔着一个爷爷辈的年龄，老舍先生就曾感慨：近来忙得出奇。恍忽之间，仿佛看见一狗、一马或一驴，其身段神情颇似我自己；人兽不分，忙之罪也！

忙，似乎成了一个不折不扣的贬义词。

忙得我们什么也看不清，甚至看不见。像坐在高速列车上，窗外一闪而过的景物模糊不清，什么印象也没有留下，就这样一天一天，一年一年。

忙得我们神经麻木，早已失去了慢的乐趣。米兰·昆德拉在他的一本书中写道："啊，古时候闲逛的人到哪儿去啦？民歌小调中游手好闲的英雄，这些漫游各地磨坊、在露天过夜的流浪汉，都到哪儿去啦？他们随着乡间小道、草原、林间空地和大自然一起消失了吗？"

忙得我们整日刷屏，却没有时间好好读一本书，体验一下那种——读一本小说，就是多活一次人生。向外看，看世界的混乱，困境，转折的同时，也向内看，看自我的心灵，思考与来路。

可是，我们忙得没有时间思考，忙得天花乱坠，却只是随波逐流，如作家张炜在《危险的迁就》中所言："不自觉地做了盲目跟从，做了势利眼，做了媚俗的事情。"

使人麻木，使文化退落，忙得没有意义，这样的忙只能算是瞎忙，这种忙会把人的心奴役，甚至杀死。

也有真忙，如写情书，如种自己的地，如在灵感下写诗作画，如即使带他攀登的是一双假肢，也不放弃登顶珠峰的希望。真忙，是一种修炼。

想当初，苏格拉底终日奔忙，忙于思考，忙于实践，从容不迫，结果忙成了圣人。

孔子也忙，说来也真奇怪，那一时期全世界出了多少大家。有人称之为人类的觉醒期。孔子也是，虽然我们老觉得他只是特别讲究礼仪什么，其实他是一位真正的觉醒者，身在孔夫子脚下的我们，是否清楚他到底觉醒了什么。

他和学生之间有一段著名的对话。他请围坐在身边的他们，谈谈各自的志趣。

有的说，治理一个拥有千乘兵车的国家，三年就可以使人有保卫国家的勇气，而且还懂得做人的道理；也有的说，治理一个方圆六七十里或五六十里的国家，三年后就可以使老百姓富足起来；还有的说，愿意穿着礼服，戴着礼帽，做一个小小的司仪。

当孔子问曾点时，正在弹瑟且近尾声的曾点"铿"的一声将瑟放下，站起来答道："异乎三子者之撰。"孔子说："何伤乎？亦各言其志也。"曾点道："莫春者，春服既成，冠者五六人，童子六七人，浴乎沂，风乎舞雩，咏而归。"孔子叹曰："吾与点也！"

吾与点也——这就是孔子带给我们的觉醒吧，春天过去了，但每一个季节有每一个季节的美，一如人生。把时间浪费在美好的事情上，忙，也要忙得其所。

自然而然地拥抱

对一个写作者而言，观察是必须的，而是否平庸和非凡的观察取决于眼光，更取决于心态。

一片湖水，春天怎样，夏天怎样，若全是现成的观念，没有任何新意，只是模式化的思想在作祟。这样的观察是平庸的，这样的写作也必是平庸的。

而波兰诗人辛波丝卡眼中的湖水，"从窗口可以观看到美妙的湖景，但湖景本身不观看自己……湖底无底地存在着，湖岸无岸地存在着。湖水不感到自己是湿是干……一秒过去，另一秒，第三秒。但它们只是我们的三秒"。这里，诗人的观察独特新颖，这种视角解构了我们庸常的感受，看到世界新鲜不一样的面目。

似乎有点佛家的禅味？

星云大师曾说："弘一大师认为世间没有一样东西使他觉得不好。破旧的手巾也好，咸苦的蔬菜也好，跑一整天的路也好，住在小茅屋也好，世界上什么都有味，什么对他都了不得。"

静心一想，这世界和世界上的一切其实都是奇迹，只是我们没有去注意或者视而不见罢了。而像辛波丝卡这样的写作者，便是引我们去注意，去发现那无所不在的奇迹。

也许你会说，做这样一位诗人，做这样一位奇迹的发现家，真好。

也许吧。小到香菜，"较为温和的吃法为往凉拌菜里放香菜。尽管我们整个晚上都在精细而不愿引起他人注意地把食材和牢牢粘于其上的香菜分离，它的教育意义在于告诉大家，只要事情还没糟糕到不可挽回的地步，就能够不辞辛苦地将困难——排除"。大到义气，"现在，已经很少有人认真地去说'讲'或'不讲'了，即使在县城，'讲'也几乎完全丧失了当初的分量。谁也不能凭'讲'名震四方，更不可能因'讲得很'而被众人崇拜"。

非凡的观察下，香菜和义气都成为奇迹。就一个好的写作者而言，时间、空间、四季的变化，人们的行为、思想，凡此种种，都已不是授引自常识的古已有之的老概念了，而是懂得以其独特方式表达的一连串独特的令人惊奇的事物。

作为读者，如何回应这种非凡的观察与写作？成见永远只是让你看到你想看到的东西。不带好恶褒贬地去看，用一种"覆盖"的方法去获得新的发现。就像电脑的格式化，我们先将自己固有的想法格式化。如同某人，因为别人的评价，我们早已在心里给他贴上了一个标签。要重新去认识、去接触、去了解，好像第一次见到一样。

更如同看风景，世界在每个人眼中都不一样。优秀的读者在欣赏一篇作品时，为了充分领略其中的魅力，不只是用心灵，也不全是脑筋，而是用脊椎骨去读的。只有这样才能真正领悟作品的真谛，并切实体验到这种领悟给你带来的兴奋与激动。

时间与精力的投资

虽然已经初夏，一场雨后，还是有一些树叶落下。才醒透的广玉兰，会借一点风，轻轻甩动自己，脱尽早熟的叶子。站在树下，仰头看去，只剩一树干净的新绿，青翠无比。树也终于安静下来，低头看着落叶，悄无声息。

这时的落叶和秋天不同，光滑润泽，彩色的边，神秘的图案，让你感叹造物主果然是个艺术家。叶子旋转滑落的瞬间，空气中便有了浪漫的气息。心领神会，那一刹那，仿佛变身为"小王子"。

只有"小王子"，才可以看懂那幅画，不是什么"帽子"，而是一条蟒蛇吞食了大象，只有像个孩子，才会抛开冰冷的数字和麻木的神经，把情绪投射在一花一木上。才会想，把眼前这朵花作为栖身之处多好，沉溺在芬芳的梦中不肯醒来。把这花蕊作为秋千，就可以摇荡着思考和谈论，每一颗露珠都伟大，折射出另一个时空的存在。

读《小王子》很多遍，仍然很多遍地喜欢。确切地说，小王子不是写给孩子的童话，而是写给"还是个孩子时的大人"的寓言。

一路走来，从孩子成为大人，我们丢失的并不是一张白纸似的天真，而是在阅历世界后，依然保持一颗赤子之心。小王子提醒我们，看世界的眼光是"孩子"还是"大人"？

小王子遇见狐狸后，与它成为朋友，狐狸告诉小王子关于情感的最大奥秘："驯养的意思是建立关系。"

翻译成"大人"的语言，人与人之间的情感依靠的不是随机的缘分，而是时间与精力的投资，不是吗？

这当然来源于作者圣-埃克苏佩里看世界的眼光。他是文学大师，同时又是人类历史上首批飞行员。在他之前，从未有一位作家像他一样，用飞行员的眼睛俯瞰大地，他被认为是头一个站在宇宙高度观察人类的作家。

"只有在这时，从划破天空的直线路径上俯瞰，我们才终于发现了大地的基底，那固若金汤的磐石，沙地，岩层，在那一切之间，生命有如古城遗迹里偶尔出现的青苔，只在那么些时候，在那么几个地方，冒险开出娇弱的花朵。"

小王子在各星球间的游历，正是作者的飞行轨迹，孤零零站在小星球上的小王子，就像二战时孤独待在异乡的作者自己。

苏佩里不凡的经历造就了小王子，而每一位写作者超凡的眼光，都好像为我们打开了一扇窗。

正所谓"横看成岭侧成峰，远近高低各不同"。在写作的时候，可以用第一人称写，还可以用第二、第三人称写。即使是同一个事物，在不同人的眼里，选择不同的视角，看到的也会颇为不同。

从表层看，写作是表达；从深层看，写作是呈现思考的角度和看世界的眼光。

好的眼光天生就少，只能靠后天修炼。不管是"跨界打劫"，还是中西古今各种贯通，都好，说起来容易，做起来各有各的难。

直到你觉得，心声一旦借着文字飞扬而出，心中内隐之意得以敞亮，那大概就是了。

结果好，一切都好

即使天空是灰色的，也有看不见的热在空气里流动，没有风，树叶一动不动。

它们也会出汗吗？会晕倒吗？心里莫名升起一秒同情。

低头继续追剧。《扶摇》里，老皇帝的一段台词耐人寻味：所谓江山社稷，所谓荣辱生死，包括你我在内。就像这个炉子里面，所有材料汇聚在一起，熊熊烈火之下用尽心力和时间，凝聚成一粒小小的丹药。它是什么？结果。我们所有人在等待的，只是一个结果。

不知怎的，想起当年，来自四面八方的我们，怀揣各种梦想的种子，汇聚到一个叫中文系的炉子里，"用尽心力和时间"，结果却是毕业多年，专业写作的似乎只剩一人，当年打趣他参加征文比赛时，故作深沉状——爱过多次也恨过多次，但其时连女生的手也没拉过，几十年过去，世故练达，文章反而清纯本色。

中文系并不结"作家"的果，早就被这盆冷水泼过的请举手。是啊，中文系会告诉你很多准则，会将很多的优秀作品摆在你面前，告诉你哪里的字句最为精妙，哪一部分情节是矛盾的汇集点，但这并不是创作。

创作需要的是冒险，是一种更新更自我的东西。

"无论用什么方法，我希望你们能弄足了钱去旅行，去闲游，去冥想世界的过去、未来，看着书梦想，在街头巷尾徘徊，而且让思想的钓丝深深地沉入流水中去。"

90年前英国女作家伍尔芙的声音犹在耳边。

最初的那一批创作者或许并不懂什么是创作，他们只是在生活，喜悦或是悲愤，都发自内心，于是便有了表达的诉求。

至于对词汇的掌握，很多时候不在于书面上的词汇，而在于人们口中的话，对一个物件的称呼，约定俗成的叫法，听上去有些遥远的家乡话，一次争吵，一声呢喃，诸如此类。

而所有的这一切，你无法在中文系的任何一堂专业课学到。

暑假过后，新的学期开始，如果你和我当年一样选择了中文系，我能给你的剧透就是，尽力做一个好的读者还是靠谱的。你可以通过阅读去观察世界，激发灵感。

像双目失明的博尔赫斯，依靠的就是大量的阅读，他笔下的故事往往围绕着他所钟爱的图书馆展开。还有被困在轮椅上的史铁生说过，只要肯思考，生活充满广阔无边的深意。

但前提是，阅读必须是自由的，脱离所谓文学史的框架和市场上畅销书的清单，你的阅读自成体系，从中可以找到你思考的清晰脉络。

我当年郁闷的是，往往还在赶读上一本书，老师已经在分析下一个流派代表作品的风格和构思了，而当我开始阅读时，又要强迫自己忘掉那些既成的分析，再用自己的方式思考，不得不说这实在是很慌乱的。

要想自由地阅读，进而从中得到写作的灵感，还是要有更多私人的时间，与一切宏大的命题无关，只是平常的交流，然后思索。

不再纠结是什么结的果。或许更应该归功于生活和阅读，道不同，却可以为谋。

这几天上山，阳光热热地落下来，站在大树的阴影里，心里的清凉又多了些，看着叶子，一片片认真生长，尽力伸展，争取每一点阳光雨露，过程如此已经心满意足，怎样的结果都是好的。

结果好，一切都好！

种种可能

朋友大半夜发微信：感觉今年夏天特别漫长、特别热、特别难熬。

而万里之外的我，正冷得想去买件棉大衣。

其时，坐在加利福尼亚大学伯克利分校的校园门口，满怀兴趣地看着进出校园的人，仿佛当年的爱·伦坡，在面街的咖啡馆里透过玻璃窗看《人群中的人》。只见一黑一白背着双肩包的女生说笑着走过；上面短袖T恤套羽绒背心下面短裤光脚穿拖鞋，头发花白教授模样的人，双手插兜走过；又过来一群穿统一校服的，十几岁样子，亚洲面孔，听口音是韩国人，开心地比着剪刀手，整齐地跃起，嘻嘻哈哈地合影，应该是假期游学团的孩子。看得久了，发现新大陆似的脱口而出，原来漫画中的人物都是有原型的，"爱丽丝"迎面走来，"史瑞克"在树下等人，一个金发齐腰穿着吊带背心的一闪而过，竟难辨雌雄；还有小机器人，竖着一面小旗，自顾自地送快递。

"如此多元的审美，想要获得认同感一定很难吧。"

天天却不以为然。认同感不在表面，而是内在。

年纪轻轻有如此见识，让一天到晚想着剧透的"大人"再一次有点失落。

是的，每个人都有偏爱。正如辛波丝卡的诗《种种可能》。

"我偏爱电影。／我偏爱猫。／我偏爱华尔塔河沿岸的橡树。／我偏爱狄更斯胜过陀思妥耶夫斯基。／我偏爱我对人群的喜欢／胜过我对人类的爱。／我偏爱在手边摆放针线，以备不时之需。／我偏爱绿色。／我偏爱不把一切／都归咎于理性的想法。／我偏爱例外……"

我们经常确定无疑地定义一些事象。实际上"万物皆有缝隙"，人各有偏好。这些偏好是我们整个人生经验的具体化，但绝不是全部。

在列举了诸多偏爱后，诗人话锋突转，"偏爱例外"。

尽管大家的生活看似接近，但是对事物的理解依然多种多样。更别说那些与你生活差距很大的人是否懂你。

儿子天天的几个舍友，来自世界各国，在饮食和穿着上自然各有偏爱，却也接受彼此的例外。独特又包容，大概就是他所说的认同感。

你永远是你，他永远是他。生活可以产生交集，然而你除了成为自己，永远也不可能变身为他人，我们与生俱来的独特性是天空下最珍贵的事情之一。由此及彼，无论对待超然的文艺，还是烟火的生活，不必追求标准范式的认同感。对文章的态度亦理应如此。

不用担心如何遣词造句，写些既符合一般体裁所要包含的内容，又不能毫无文采的篇章；也无须忧虑怎样绞尽脑汁，拼凑出符合逻辑又疏密有度的文字形式，而是随着心念的流淌，畅意书写人生的《种种可能》，自然而然地呈现给读者。

月有阴晴圆缺，但光还是光，月亮还是月亮，本质不曾变化。

只要多看，终会明白其背后所深藏的繁复之美。《种种可能》实在清晰不过：

"我偏爱许多此处未提及的事物／胜过许多我也没有说到的事物。／我偏爱自由无拘的零／胜过排列在阿拉伯数字后面的零。／……／我偏爱牢记此一可能——存在的理由不假外求。"

日子里充满奇迹

脑子里温习着《闪闪的红星》里潘冬子那张可爱的脸，周六去参加了李心田老人创作60年的座谈会。已至耄耋的老人在会上拿出了刚刚发表的小说，令我感动的是，他聆听每个评论家发言时的神情，专注、谦恭，竟像一个初学写作者。到底是什么，使这样一个著作等身的人在跨越60年的时光后，仍拥有孩子般的情怀？对于李老来说，年龄早已失去意义，日子却一如既往地闪光……

我们的总编在开年度总结大会之前去理发，见后面等的人太多，就对理发师说，你随便给我理理就行，别耽误你挣大钱。理发师却说，我宁肯让她们"等"走，也不会把你"理"走。可以想见，每一个平平常常的日子会因着这样朴素的执着而有着怎样的光彩。

快过年了，来做家政的小姑娘问我买过年的新衣服了吗，然后自顾自地描述着她买的红色羽绒服是怎样的款式，搭配什么样的裤子穿最好看。你看，日子一点不会因为微薄的收入而暗淡无光，却在甜蜜的盼望中被涂抹上一层亮色……

日子里充满奇迹，它可以把一碗米饭变馊，也可以把一碗米饭变成美酒。只是我们常常忽略了，我们自己就是奇迹的创造者。

我注意到，李海燕给我发来稿子的时间是凌晨两点，那个时候大多数人已进入梦乡，而她正目光炯炯地坐在屏幕前，"心神和那些音韵一起飞扬"……

去年夏天，在一个骄阳似火的午后，我去看荷。阳光下，每一朵花都郑重地开着。仿佛听得见它们的心事："多希望 / 你能看见现在的我…… / 现在正是 / 最美丽的时刻……"

回来后忍不住在日记里写下，没有早，也没有迟，一切都是刚刚好。希望下次去能变成拇指姑娘，那样的话，就可以撑一片树叶，去看看荷的花心是不是装饰得像宫殿那么豪华？就可以抓住蝴蝶的手，去更深的水生植物丛中徜徉……

那一刻，安徒生他老人家也许会停下手中的笔，隔着几百年的时光，向我报以会心的微笑。

大自然和灵魂

望九之年，季羡林老感慨：人活得太久，对众生的相，看得透透彻彻，反而鼓舞时少，叹息时多。

在这个纷纷扰扰的世界上，他却始终向真而生——"甘于淡泊，长于寂寞，不计名利，低调做事，内心平静，心灵安静，生命淡定，坚守信念……这是一个文化人的内在灵魂和精神。"

季老走了，我们要用多漫长的时间才能真正体会到他的失去。

但是，如果一直心存对他的记忆，季老似乎又并没有远离——蓝色的中山装，黑色的布鞋，身为副校长的他却被新生唤去看行李；读他的《佛教十五题》，发现原来学术论文也可以这样妙趣横生；2006年底，我编辑了卞毓方先生的文章《黑糖是如何变成白糖的》，季先生"板凳要坐十年冷"的治学精神令人难忘。

如果学习他洗尽泡沫，以本真示人，季老便常常近在眼前——"假话全不讲，真话不全讲。"对于自己，真话全讲；对亲密的家人、朋友，真话全讲；对不值一提的人，不讲，让他继续做梦去吧！

只要珍惜他留给我们每一个人的珍贵遗产："爱国、孝亲、尊师、重友"；只要不因世故而泯灭自己的良知，"自己生存，也让别的动物生存"；只要在生命中投入真实的泪水和爱，"对待一切善良的人……一日真，二曰忍。"——只要这样，就远近高低无不有他……

写手记的间隙，和同事一起趴在东边的窗前看日蚀，看平日里饱满的太阳一点点变成"月牙儿"，天色暗下来，黄昏仿佛提前来到。

几百年才得一见的奇观，姗姗而来，匆匆离去。谁说那不是一种提醒，那悬在高空的美妙，只可仰观而不可亵玩。人群中也有这样一些灵魂，看似高不可攀，但只要靠近，精神就会得到提升。

大自然和灵魂，都是难以穷尽的词语。

今天节

今天是农历三月初三，上巳节。

如果时光倒流，远古的祖先们会在这一天，"成群结队去水边祭祀，并用浸泡过药草的水沐浴"；达官贵人则"将盛酒的'觞'浮于水面，从上游放出，使之顺流漂浮而下，借助水流之力传杯送盏，流动的杯子休止在谁的面前，当者即须饮而尽，然后吟诗作赋"，谓之"曲水流觞"。

也是这一天，王羲之写下了气势飘逸的《兰亭序》："……是日也，天朗气清，惠风和畅，仰观宇宙之大，俯察品类之盛，所以游目骋怀，足以极视听之娱，信可乐也！"只看文，已让人心醉神迷，心向往之。

想想，古人真比我们现代人雅致多了！同样是这一天，长安水边的丽人们会折柳编冠，剪各种精致贴花装饰脸颊，会缝香袋、绣巾帕、扎纸鸢……每一样都浸透着灵巧和智慧，这样的踏青才会格外美妙和尽兴吧！

可惜已经没有如果，上巳节渐行渐远，待在空调房间里的我们早已麻木于四季更替，对冷暖变化缺乏敏感。徒生羡慕之余，何不试着从今天开始，放下随处可买的轻易，改改单调无味的闲坐，去亲身一试和自然融为一体的久违感受。

日子也需要尊重，因为它给了我们日出时的万道金光，给了我们清风、绿草，甚至雨雪雷电，还有落日后的黄昏，像夜一样黑的宁静，而我们能回馈它什么？就试着自己动手，用好心情去装扮，给游玩加一点情趣，细数每一个日子的可爱，这样的每一天都可以成为节日。

今天，当你收到盼望已久的电子邮件，那就是节日的开始；

今天，当你看到"花在枝头怒放"，那就是最好的礼物；

每一天都有感动我们的事，哪怕它很是平常，可它毕竟是我们的，独一无二的。今天的今天，明天的今天，总会赋予它最特殊的意义。

每一个日子，就叫今天节，如何？

那些唤醒记忆的按钮

有时候，记忆的按钮，就是几个字或一句话，当你听到生日快乐，会想起某年的生日，在早熟的麦地里，与麦子有关的诗句，余音袅袅；而我看到《与电台有关的日子》，便瞬间穿越，过往的时光扑面而来，鲜活如昨，一幕幕清晰可辨。

曾经做了九年电台节目主持人，现在还能收到以往听众的信，唤我青青——那是黄昏时分，或者夜幕降临，封闭的直播间，我的小小的神秘王国，声音里有一条通道，可以直抵心灵，稍做停留。当然，想忘又忘不掉的还有接通情感热线后，因为不知如何作答而满头大汗，拼命冲导播挥手救场。二十几岁的年纪，能有多少阅历"指导"别人的人生。听到谁谁因梦到考试而吓醒，而我的噩梦，不是直播过程中放错了卡带，就是忘了关话筒，一身冷汗。

一个人记忆的生命力到底有多强？看看世界各地的唐人街，多少人服装变了，口语变了，观念也变了，但是到了吃饭的时候，仍念念不舍家乡的馒头面条。奶酪和牛排，终归是不习惯的。年纪越大越强烈，少年肠胃的记忆何其强大，可以贯穿一生。

对于写作而言，更可谓没有记忆，文学根本无从谈起。虽然创作需要想象力，可想象力也是要依托记忆来展开的。米兰·昆德拉在《生命中不能承受之轻》中说过一句话：文学就是要抗争遗忘。

那么，那些唤醒记忆的按钮，它们都躲藏在哪里？

当父母的有这样的体会：孩子在成家和就业之前，你说什么他都不听，都听不进去。但当孩子走向社会了，也当上爸爸妈妈了，两代人之间就比较好沟通了。为什么会发生这样的变化？显然，是孩子与父母的生存经验开始接轨，激发出孩子的记忆需求，于是妈妈当年说过什么，爸爸当年说过什么，朋友、邻居、老师当年说过什么，都慢慢地苏醒过来。

写作常常也是这样，受到生存际遇的推动，回应心灵的呼唤，实现一次次记忆的复活与再生。这种复活与再生，常常会使我们在某一天，某一刻，发现自己焕然一新。

有一点复杂的是，不同的人对同一件事也会有不同记忆，有点像罗生门，难辨真伪，甚至影响我们的判断和选择。

有杂志主编说，现在的作者来稿80%都离不开私情。不是说，这个不是重要的生活内容，也不是说这个不可能产生伟大的作品。问题只在于：还有那么多的生存问题、吃饭问题、看病问题、孩子上学问题，与这80%有什么关系？读多了这个80%会出现什么情况？

所以，每一个编辑，都像是站在了"冥想盆"前。看过哈利·波特的人都知道，冥想盆是邓布利多用来保存记忆的不可思议的工具。这是一个浅浅的石盆，盆的边缘雕刻着如尼文和符号，记忆变成一种明亮的银色物质保存在里面。

一旦碰触到冥想盆里的银色物质时，就会进入那个记忆当中，能看到过去发生的事情。

好吧，像哈利·波特那样，深入这个叫"丰收"的冥想盆中，这次，会从中看到什么？

生命需要仪式感

季节转换，也需要一个仪式吧？

一场风，温柔地拉开春天的帷幕，花花草草登场；一场雨，"突然间黄昏变得明亮"，那个时候，或许就是夏季的降临；又或者，一个明媚的早晨，一片树叶落下来，发出秋天来了的短消息。

童话《小王子》中，有这样的对白。小王子问："仪式是什么？"小狐狸说："它就是使某一天与其他日子不同，使某一时刻与其他时刻不同。"

"如果你说你下午四点钟来，从三点钟开始，我就开始感觉很快乐，时间越临近，我就越来越感到快乐。到了四点钟的时候，我就会坐立不安，我发现了幸福的价值，但是如果你随便什么时候来，我就不知道在什么时候准备好迎接你的心情了。要有一定的仪式。"

因为有了仪式，小狐狸感到快乐，它发现了幸福的价值。

不必华丽，也无须刻意，当有意识地感受、珍惜生活中的某些特殊时刻，仪式感就已经呈现。

我的大姨，是我见过最认真过节的人。有一年暑假回去，我才知道原来六月六也是个节日，要吃新麦面包的大包子，把肉切成条，每一个包子里放一块……热腾腾地出锅后，那个香喷喷的味道大概就是收获的味道。

一个个节日，仿佛生命中一个个小小的节点，那些仪式，让平凡的日子闪闪发光。

就像王小波说的：一个人只拥有此生此世是不够的，他还应该拥有诗意的世界。仪式感就是生活里的"诗意"。

每天记录点什么，简短的心情日记，看到的美好画面，哪怕发一条朋友圈；留出半个小时想"静静"；每年出去旅游，去海边或河边，听海浪的声音，看清水流动……

这些都是生命中最简单的仪式感，让你和尘世的喧嚣暂时保持一段距离，同时不与现实脱节。

至于有人喜欢日出，有人喜欢落日，有人偏爱散文，有人以诗歌为伴。其实不管怎样，我们都可以在平凡的生活中找到适合自己的生命仪式感。

有些仪式感还会让我们多了一个省察内心的机会，毕业季里，一场场盛大的毕业典礼，会提醒孩子，他的人生将进入新的阶段。

每一张照片，都是时光的标本，每一场毕业，都牵动颤抖的灵魂，到底该准备哪一种表情，来迎接这场离别？

天天的高中毕业典礼上，从大屏幕上可以清晰地看到，每一位毕业生从校长手中接过毕业证书，相互间的深深鞠躬——600多毕业生，600多个鞠躬，真的让人感动。

仪式感是对生命的一种尊重，重视生命的每一件事、每个人、每一个当下，并让我们学会从中感受到爱和力量！

那一刻，不知道天天在想些什么，作为优秀毕业生，他为我争取到了绕场半圈、专车接送到贵宾区的礼遇。那一刻，他或许想到为此付出的努力、所有的泪水和汗水。成长之路总是不那么容易的，而他只需记得永远都不是一个人在战斗。

生命需要仪式感，它提示着转变已发生，我们正在脱离过去，迈向更好的未来。

你的"冈仁波齐"在哪里

以后，如果回忆起这个夏日和以往夏日有何不同，大概就是热得心态都要崩了时，冈仁波齐所带来的那一股特别的清凉。

《冈仁波齐》是部电影，简单而言，是一群普通藏民去冈仁波齐朝圣的故事。略显夸张地表述：是一部两个小时都在磕长头的电影。

冈仁波齐是世界所公认的神山，被藏传佛教、印度教和古耆那教认定为世界的中心，它并非阿里地区的最高峰，但终年积雪的峰顶配上独特的金字塔造型，让它远远看去，极具威严。

冈仁波齐更是信仰的象征，它赋予朝圣者最充盈和坚实的内心，最终达致平和与安宁。

朋友在影评中说，"每个人心中都有一座冈仁波齐"，那你的冈仁波齐是什么？

电影里的他们，为了救赎，为了逃离，为了父母，为了众生，2500公里，春夏秋冬，一步一匍匐。

生活中的我们，起早贪黑，堵车，加班，出差，只为改善家人的生活，实现自己的价值……

没有哪一种生活方式是绝对正确的，我们都在为自己内心的冈仁波齐而奔忙在这个世间。

为什么？答案只有四个字：因为值得。

因为值得，所以舍得，因为值得，所以付出。

当电影里的他们在路上遇到淹没脚踝的流水时，明明可以选择站起来一步步跨过去，但他们犹豫片刻之后，依旧跪拜着走完这段路，每个人浑身上下都湿透了。

当他们的车子半路被撞坏后，每一次出发他们都先把车子拖拉着走一段路，然后再折回去把这段路重新跪拜走一遍。甚至发烧了的小女孩、生完孩子的孕妇、腿被落石砸到的小伙子，一路上都没有退缩、放弃或者少走一段路。

而每一条通往"冈仁波齐"的路都没有捷径。

就如同，写作这件事，可以讲究方法，可以讲究策略，但唯一没有的就是捷径。当然如果有捷径的话，它的名字一定是坚持。

想写写不出来，内心焦虑，觉得自己无才、无能时，必须一个字一个字写下去；想得太多，失眠抓狂，感到痛苦时，还要一个字一个字写下去；想通过写作改变生活，后来发现没达到效果；很想写却琐事缠身没有时间写……只要一个字一个字写下去，好像在纸上磕长头。

只要信仰在，就会放下各种"借口"，也就放下了各种烦恼。忠于自己的内心，认真去写，去完成一件事。

一位朋友聊起这部电影时说，或许在城市里的修行更为辛苦：朝圣者知道自己要做什么，知道自己的目的地，可以摒除很多杂念，专心前行。但城市里就迷茫了，很多人都不知道自己想要什么，也不知道应该往哪个方向走。

是啊，更多的时候，就算知道你的冈仁波齐在哪里，却只能像西西弗斯一样，抵达总是短暂的，奋力推石才是永远的。

因为懂得，所以慈悲

秋天还是来了。

终于可以开始滥用颜色了。木心说过，每年的色彩消费量是有定额的。"春"小心从事，东一点红，西一点绿，下面还有三个季节，别用得不够了。就在已经形成的色调上，涂涂开，加加浓——这是"夏"。

凉风一吹，如梦初醒般地发觉还有这么多的颜色没有用，尤其是红和黄。像是隔年要作废，尤其像不用完要受罚，秋开始挥霍无度，浓浓艳艳。

这时走进山里，路边已见端倪，树上、地上，星星点点，沿着路两边的小摊时时跳跃出来，紫红的李子，金黄的南瓜，青红的梨，赭色的蛾子，青绿未去皮的核桃……

其实，人也有颜色之分。橙红大男孩，淡绿小女孩，紫自尊，黄稚气，蓝智慧，白色无为，黑保守，咖啡平常心，米黄最良善，玫瑰红得意非凡……

走进自然，就是颜色融入了颜色，这或许也是为什么，我们要一遍遍逃离，直奔山山水水，那里藏着我们想要的东西。

《红楼梦》里，秦钟离世，贾母要人带宝玉去新修的大观园里散散心，比起前面的正经厅堂，大观园自然是一个桃源般所在。佳木葱茏，奇花烂漫，清溪泻玉，修舍数楹，翠竹千百。最重要的是，园林可以是一个治病的地方。和西方人有所不同，他们在现实当中受苦、失意、不得志时，会求助于宗教，而我们会去园林治疗，求助于山水，治愈心灵。

尤其是文人的世界，你看苏东坡，每一次被贬官，每一次政治的失意，他都会走向山水。在杭州，波光潋滟中，他写下"若把西湖比西子，淡妆浓抹总相宜"。难道不是在提醒自己，人生不论波峰波谷，终会归于平静。

宋代那个禅宗大师用一段充满禅机的语言告诉我们人生有三重境界：看山是山，看水是水；看山不是山，看水不是水；看山还是山，看水还是水。不论哪种情绪总会在山水间寻到共鸣，得意时不至忘形，失意时不至颓丧，田野间，哪一株草、哪一棵树不是不卑不亢。

这种哲学潜移默化到人身上，成为文化，这是一个能够激发内心情感的东西，像草破土而出，花迎风绽放。一个有文化的人，你会发现他的生命力非常旺盛。他绝不是冷冰冰的，而是富有情怀，对这个世界充满了爱和诗意的眼光。

蒋勋先生曾讽刺，现在少的是文化，多的是知识，从小到大，填鸭式地装上一些知识、技术、专业，唯独缺少文化。蒋勋先生给了一个名号曰"文鸭"，多是精致的利己主义者，冷冰冰的。

要论知识的总量，如今超过孔子的比比皆是。随便什么计算机、物理、英语、数学之类的题目，孔子肯定答不过我们。

但我们与孔子的境界孰高孰低？显而易见：决定境界的不是知识的总量，而是另外一种东西。

因为懂得，所以慈悲。

如同看山看水，我们学习用心体会这个世界，对一切都多一点理性与现实的思考，山不再是单纯意义上的山，水也不是单纯意义的水。

那第二重境界的开悟已经了不起，更何况，任你红尘滚滚，还有清风朗月。

阅读你，是最近的距离

每天都有很多消息传来，可有一种消息我们始终不知该如何面对。

高莽先生，你确乎是离我们远去了。

细雨霏霏中，朋友从北京追悼会现场发来照片，入口处巨大的挽联上触目惊心的黑底白字——你独自窥见了大门后狡黠的月光，却忘记带走被生活所欺骗的苍茫。

无限感伤也无限诗意。

这一天，济南也雾雨交加。遥想那些唏嘘送行的人们，或如你在《墓碑天堂》中所言，生与死是一条河的此岸和彼岸。死对生只有一个价值：迫使还活着的人去思考生的意义，让生有一种紧迫感，有一种战栗和惊醒。

我从未见到你。永远不可能见到你。不重要了。我已足够幸运遇见你的文字、你的诗、你的画。

阅读你，是最近的距离。

苏联话剧《保尔·柯察金》，以及普希金、莱蒙托夫、托尔斯泰、阿赫玛托娃、马雅可夫斯基、帕斯捷尔纳克等俄苏文学家的作品，正是借由你的笔端，沟通了我们的心灵。

追悼会现场巨大挽联上方还有几个醒目的大字，吾心之心——高莽。

吾心之心，多像一束光，灿然照亮后辈学子前行的路。

你有一个笔名"乌兰汗"，人民文学出版社的《普希金诗选》用的就是这个笔名，你说"汗"字就代表着翻译这件事要流汗。

你说青年时见识少、胆子大，什么都敢译。后来，对翻译有了更多的领悟，却缩手缩脚了。

你说诗不可译，因为诗是一种特殊的文体。它发挥的是母语的最大功能，有时一个词内含有多种意思。可你又说：外国诗应当译成汉文，因为并非所有读者都通晓外文。

但你有严格的标准，"译成汉文的诗要耐读、有品位，应当是诗"，否则仅仅只能称为"译文"。

比如匈牙利诗人裴多菲那首著名短诗：自由与爱情，我需要这两样。为了我的爱情，我牺牲我的生命，为了自由，我将我的爱情牺牲。

直译没错。但你更推崇殷夫的译文：生命诚可贵，爱情价更高。若为自由故，二者皆可抛。

在译诗方面，你说自己还在摸索。有时想准确地表达原作的内容，有时想传达原诗的韵律，有时想追求原作中的一种精神，有时就是想把原作的形式借鉴过来。

译无定法，百花齐放。

吾心之心，又像一面镜子，照出美丑真假。喜欢绘画的你"无心插柳"，却成就了另外一种"翻译语言"，你遵循学画之时母亲所说：画画讲求美感，所以画男人要画得年轻一些，画女人要画漂亮一点。翻译事业中，你无不追求作品的耐读好看、尽善尽美。

吾心之心，始终装有读者。你认为任何一种译法都应该有生存之地，但有个前提，即译者是真正努力在翻译，有利于读者从不同的角度更好地理解原作，你甚至建议今后刊物上发表短诗时，最好附上原文，以激励译者。

　　先生，我就是那心怀期待的万千读者中的一名。此刻，我这个与你从未谋面的读者，能做的只有回到书桌前，好好阅读，并借以反观自身。或许，这才是最好的纪念。

你选择什么就是什么

"对你来说，2017年哪一天你认为很重要？"

罗振宇的跨年演讲《时间的朋友》犹在耳边，2018年已经过去了十几天，感觉出来有什么不一样了吗？

新的一年，我们仍要面对选择的难题。

朋友在跨年时发来一组诗，其中一首《荒了的园子》——

平生最大的奢侈，就是

让这园子

荒着。再也不种了

在我们心心念念要种点什么的时候，不种也是一种选择，甚至奢侈的选择。

我们不得不承认一件事情，今天的我们过得似乎是越来越好，可是丢失的东西也很多，比如对细微之物的洞察力、对自然之美的感知力。承认吧，我们活得粗糙了，很少有心情去感受一下风花雪月。

作为读者，你可以选择手指从屏幕划过，点开那些耸人听闻的标题，看几分钟，又换一个，因为越来越排斥有文字的东西，我们把大把的时间放在小视频上。几分钟就换一个，不管有多么无聊，我们看了一个又一个。

有个朋友说，她现在也开始看五分钟电影了，就是那种在五分钟内解说完一部电影的视频。一部电影如果在五分钟之内仍然无法吸引她，立马就会换一部，至于电视连续剧，已经五六年没有碰过了。而捧着《红楼梦》《挪威的森林》《人间草木》，爱不释手，陶醉于文字的优美、故事的感人……更是遥远得恍如隔世。

新的一年，选择仍然是最初的也是最终的难题。

你喜欢低俗，那低俗就能占据你；你喜欢芜杂，那你的心灵越来越芜杂；你喜欢随波逐流，那你的性情也将变得浮泛……

而你如果想再回书房，亲近一下那些蒙尘的老朋友，那需要一点安静，需要一点投入——否则你既不能感受生活之美，也不能感受艺术之美。你的精神可能耗费在铺天盖地的信息之中。

作为写作者，如果你愿意，你可以天天制造文字垃圾，在这样浮躁的时代，做一个泡沫。

你也可以选择重拾风雅，并不是要附庸，而是借由前人所开辟的道路，重新思考这个词语，以及词语背后的所指向的物质世界和精神世界。

风雅并不复杂，作家汪曾祺总是用最简单的词句，描写那些最平凡的人和事。但就是这样简单的句子，平凡的人物由他一写出来，就好像有了一种特别的魔力，让人觉得莫名地亲切、温润。

他的作品，有点像他的老师沈从文说的"希腊小庙"。沈从文的小庙里，供奉的是"人性"，而汪曾祺的小庙里供奉的是"生活"。

汪曾祺说，生活是很好玩的。

其实，生活好不好玩，到底还是取决于活在其中的人好不好玩。汪老只是选择了对待生活的态度。

没有谁能逃避选择，连天气也一样，冬天要有冬天的样子，夏天要有夏天的样子，风霜雨雪交替而来，那才是精彩的日子啊。

云无心

雪下得越来越轻描淡写了。

你根本无法在微信圈里好好地抒一次情，因为你还来不及看清楚她的样子，她就已经消失得无影无踪。

仿佛只能在文字里，才能重温一下久违的美妙。

"雪雰雰而薄木兮，云霏霏而陨集。"

"最爱东山晴后雪，软红光里涌银山。"

"天仙碧玉琼瑶，点点扬花，片片鹅毛。"

"余拏一小舟，拥毳衣炉火，独往湖心亭看雪。"

可是，不知从什么时候开始，雪变得不可思议起来。

她不再有耐心，一片一片，纷纷扬扬，那样慢慢悠悠地落入大地；她不再有耐心，一层一层，细心覆盖，洁白温柔地铺满了一地。

她也不再有耐心制造什么惊喜，哪怕一个小小的雪人，胡萝卜的鼻子，黑炭的眼睛。因为年幼的记忆而产生奇迹，会和孩子们一起跑过大街和广场，有了生命。

难道说，连雪也染上这个时代急不可耐的毛病？

就像我们，哪里有耐心去记住一朵花的长相，尤其是一朵雪花。

那六个花瓣组成的精致图案，需要多少时间，一片一片去雕琢打磨——树叶没有这种形状，云朵没有这种形状，石头也没有这种形状，单靠人的想象力，绝无可能将它凭空合成。

就像我们，再也不愿意花太多时间去体会一个标题、一段文字的深意。

和一位喜欢书法的朋友聊天，聊起心经，从菩提萨婆诃聊到一些禅语，他告诉我，即使简单的"云无心"里也藏着简单而直接的人生道理，我说我开始有一点了解这个词语的意思了，从天空没有了云朵开始。他说，人啊，都是从离开才开始懂得。比如"一期一会"这个词，不也是在再也不能相会的后来，才猛然顿悟的吗？

有些雪来不及落在地上，又星星点点地像水里的气泡升起一样在空气中向天空升起，一片一片消失在天的蓝色里。很少有人注意到她又重新升起，只是抱怨她不够彻底，只会偶尔惊诧一下，为什么雪晴后，阳光照耀下的空气会闪闪发光。

文字也会这样闪闪发光，从而照亮心情的灰暗。年年岁岁，都会有一些东西在落下。一次幸福、一回年轻、一个孩子、一场车祸，或一颗流星。就像雪从昏沉的天空落下，这些事物的来处也是那样渺茫未知。

无论认真还是敷衍，雪的轻盈和精致是一切下落东西的典范。

又是从什么时候开始，一到冬天，我们就会在潜意识里盼望着下雪，仿佛在银装素裹的世界里，过往的一切都会重新浮现，再一次，温暖心灵。

如寒冷时的木头，点燃成篝火，燃成随心如愿吉祥安康的形状。又如腊梅，在寒冬里绽放成耀眼的灿烂，闻有清香。

腊八那天，有人这样写道：静心沐手，合掌感恩并祈愿，自在冬天。

总觉得我们离一场大雪不远了。

创造诗意

说说最近发生在济南外国语中学的一件事。

初一的孩子在学古诗《次北固山下》时，发现课本插图与诗意不符。

诗中的"风正一帆悬"，老师解释为，"无风帆才能正，'悬'是帆直直地挂着"。孩子们又查阅《唐诗鉴赏辞典》，"悬"被解释为"端端正正高挂的样子"，而课本插图中，船帆被风吹得鼓鼓的，孩子们认为这与老师和辞典中的解释有出入。

他们写信给出版社的编辑，编辑很快就回信了。他为插图出现的错误致歉，并大大肯定了孩子们的质疑精神——尽信书不如无书。他鼓励孩子们进行批判性阅读，只有经过自己的怀疑、思索和鉴别，才能把书本中的东西变成自己的东西。

正在读初三的儿子天天在学校论坛上看到这两封信之后，给初一的孩子和出版社的编辑各写了一封信，表达自己不同的看法。

他认为"船帆被风吹得鼓鼓的"没有问题，从他所学过的物理知识来看，就算无风的天气，船随水流前行，帆只要张开，就会在船的前进方向上受到空气的阻力而发生形变，或鼓或涨。

而天天的同学们在看到这几封信之后，又展开了讨论，如果风力和帆所受到的阻力相同，那船帆就可以如同静止一般直直地挂着。他们又用实验模拟再现了这一"奇观"，并很为古人的细致观察所折服。

我为什么要把这件事不厌其烦地说出来，实在是孩子们的精神打动了我，那种认真、执着、勇敢，那种诚实、坦荡、率性也曾经在我们的身上出现过，只是后来它们去了哪里？

我们也曾经像孩子那样富有好奇心，会早早发现春天的第一抹绿意，总是用全新的眼光看世界；我们也曾经天真地把一枚平淡无奇的石头视为珍宝，把天边变幻的云看成神秘莫测的未来……

此时的大脑里无端飘来王小波的一句话："一个人只拥有此生此世是不够的，他还应该拥有诗意的世界。"

其实诗意的世界是自己创造的，世界本无所谓诗意不诗意。

就像我们曾经拥有过的诗意世界，里面有爱、有安全感，即使有恨，也最多是"乡村小学茅房墙壁上，不知谁家的孩子涂鸦，'张小兵是个坏蛋'"。

这个春天来得太晚，各种各样的花还是后知后觉地开了，天空蓝得想要让人飞翔，阳光沾着温暖从树叶中落下来，你走在路上时，它们就像无数蝴蝶落在你的肩膀上……如此晴好的日子适合读书，适合出去走走，适合谈笑风生，也适合默默无语。

风景美丽的时候，就让我们暂且放下一些大人的思考，像个孩子一样，只去感受，不要说，不受任何习见的支配，只是会意一看。

在每一天的善良和坚持里

听《时间都去哪儿》，居然听哭了，眼前是妈妈两鬓越来越多的白发。

"时间都去哪儿了？还没好好感受年轻就老了，生儿养女一辈子，满脑子都是孩子哭了笑了……"

谁也回不到过去了，更回不到做孩子的年龄，日子像流水一样，不眠不休地冲刷着记忆的河道——有些刻骨铭心烟消云散，有些可望不可即成为现实；一些人的面目模糊了，另一些人却愈加清晰，我们总是迫不及待地长大、变老。也许心并不复杂，只待某一个时刻，魔棒一挥，年少的时光倏忽就在眼前。

春节，就有这样的魔力，真的会让我们有孩子似的感觉，目光触到什么都会唤起美好的过往。

看到《鞭市》里，"孩子们跑来跑去寻找掉落地上的哑鞭，回家路上边走边放……"你是不是也发现了自己的影子？每到过年，放鞭炮是男孩子的最爱，不舍得整串整串地放，就拆散了，每人分些，零零星星地放好多天，每一声炸响都是心里乐开的花。

看到《我想上春晚》，几分悲凉之余，想到的竟是自己六岁那年，第一次从遥远的新疆回到了胶东老家。除夕晚上，我和妹妹大方地在温暖的火炕上给亲戚们表演节目，唱歌，跳舞……按我妈的话说，一点也不知道害羞，引得我小姨一个劲儿啧啧，人家外头来的孩子就是不一样。

那晚的笑脸和笑声存在我的记忆中，闪闪发光。

可是人怎么能够一直天真呢？怎么能够成熟了但不世故，永远年轻，永远善良呢？

像我的大姨，虽只有小学文化，她不会写诗，也不懂诗，可我一直觉得她是个通体都有诗意的人。她认真地过每一个日子，认真地过每一个节，贫困时如此，富裕时亦如此。不管是二月二的"抓个豆"，还是七月七的"烙花儿"，印象最深的是正月十五的"面灯"，用面捏出各种小动物，背上按一个窝，放点花生油，燃一根线捻儿……门口放只"小狗"好看门，粮缸上放只"圣虫"，年年有余，还有属相灯，一人一个，平安健康。夜深了，周围的灯都灭了，只剩那一豆豆微小的光亮，把夜点染得温馨诗意。

你看，生活中那些美好的东西从来不曾被日常生活磨蚀掉，现实再不济，也有可以享受的闲适与节奏。只要有一颗简单的心——孩子般的心里处处都可以是天堂。

这几天，窗外越发安静，工地上的人陆陆续续回家了，再也听不到那个大嗓门的女人喊，开饭啦，回来吃饭啦。天空还有一丝雾霾，心却晴朗起来，要过年了，让那颗孩子的心回来吧。

时间都去哪儿了？它就在生活的每一个角落里，在你细细端详爱人的目光里，在母亲柴米油盐的絮叨里；时间都去哪儿了？它就在每一天的善良和坚持里，在季节的礼物和生命的果实里。

且写且珍惜

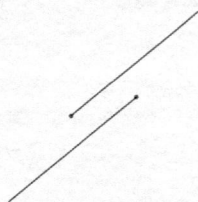

没有什么是可以省略的

　　说起来，和编辑这个职业最接近的要数裁缝，同样的为人作嫁，同样的缝缝补补，只不过，你用针来，我用笔……现如今只用按键。

　　记得做见习记者时，每一篇稿子，不论大小，都严格按五个W，按导语、主体、结语的顺序来写。稿子见报后，都要暗暗揣摩一下编辑为什么要这般删改。有一次，编辑把一篇稿子直接掐头去尾，只留中间部分，哇，这也行？想想也是，又不是战时，阅读不必争分夺秒，导语不必绞尽脑汁，省了就省了吧。

　　假期去看《非诚勿扰2》，秦奋和梁笑笑谈试婚那段儿，梁笑笑说，要试就从七年之痒开始试，就试谁比谁讨厌。秦奋说，七年之痒咱不试了，把中年危机也省了，直接就试相依为命。

　　看到这儿，多少观影人心有戚戚，按冯小刚的话说是走心了。

　　可是，真实的人生中有哪一段是可以省略的？

　　是泅渡黑暗河流的青春期，还是衰老多病的暮年，是缺乏自由不谙世事的童年，还是不堪重负左右为难的中年？

　　即使果真如影片结尾所言，秦奋和梁笑笑在2030年走到了一起，那时秦奋已经七十岁，还不是一样要蜜月，要磨合，要争吵，要七年之痒，要相依为命，一个也不会少。

我们想省略的只是生命中的那些不堪、不愉快，最撕心的分离，最无聊的诬蔑，最不堪的辱骂，最惨痛的失败，最潦倒的日子，如此等等。

可一个刚刚离开我们的人，在他最美好最意气风发的二十岁，被截去了双腿，病坏了肾脏，人生跌入无边的黑暗，他选择省略掉以后的人生吗？没有，他说了这样一句话："一个只想过程精彩的人是无法被剥夺的。"

这就是作家史铁生。他用笔点燃生命，用心感受生活的点滴，用温暖的语言诉说爱意，用刻骨铭心的体验为濒临绝境的人指点迷津。

在纪念他的文章《时代的思与诗》里，张炜先生同心相知。

"我不知道还有谁像他一样，在这样的情与境下凝神打量或闭目冥思，燃烧自己。"

"网络时代繁衍出多少文字。纵横交织的声音震耳欲聋，却难以遮掩从北京一隅的轮椅上发出的低吟。这是他平时言说的声调，是回响在朋友们心中和耳畔的熟悉的口吻。这其中的感染力自内而来，来自一颗炽热的心。这是最凝练的语言、最悠远的神思、最深沉的吟哦、最纯洁的质地。"

"面对他的生存、他的杰出创造，没有人再去呻吟和苦诉了。"

从此，世上再无史铁生。"但是太阳，它每时每刻都是夕阳，也都是旭日。当它熄灭着走下山去收尽苍凉残照之际，正是它在另一面燃烧着爬上山巅布散烈烈朝晖之时。那一天，我也将沉静着走下山去，扶着我的拐杖。有一天，在某一处山洼里，势必会跑上来一个欢蹦的孩子，抱着他的玩具。"

没有什么是可以省略的。旧岁、新年，生命的终止、新生的希望……无限轮回。

无技巧也是一种技巧

"听过很多道理,依然过不好这一生。"

韩寒的电影处女作《后会无期》上映后,出现了很多所谓"金句",这是其中一句,引发无数网友跟风仿写。

"做过很多傻事,依然没有变聪明","看过很多书,依然看不懂这个世界","学过很多知识,依然选不到想要的生活","想过千万种未来,依然败给了现在"……通过简短的一句话,大家感叹着生活中的酸甜苦辣。

对写作者而言,若碰上这"依然体",会不会造句——知道了很多技巧,依然写不好文章。

技巧对写作而言有多重要呢?

散文的形散神不散,小说的最高要素是故事,诗歌要重想象,戏剧要重冲突,知道了这些,作品就有了打动人心的力量吗?

最近看日本小说,青山七惠的《一个人的好天气》,日记一样的文字,平淡无奇地记录着"春夏秋冬"的生活,什么戏剧性的情节也没发生,简直就是一整年的流水账。边读,边怀疑,这样的作品怎么会获日本最高文学奖呢。

然而,读着,读着,那种淡而不薄的味道慢慢出来了,像吃日本料理中的生鱼片,清新却鲜美的味道,不用添加任何作料,已然令人回味。

其实，流水账就是生活，每一天的日子说到底也不过是一件件重复的事情组合起来——上班，下班，上学，放学，见一些无关紧要的人，说一些无关紧要的话，如此而已。这是最接地气的生活，其中没有那么多转折、惊奇和悬念。

然而文学需要超越，对于作家而言，就是一行行枯燥的文字中那一刹那的光亮。

孟心怡翻译的这篇《初次登顶》中，几乎乏善可陈的叙述，不过是两人结伴去爬山，即使有小小的不安、担心、不满等情绪的波动，也都淹没在文字的无味中。平凡的日子让周围所有人，所有事都平凡化了，然而结尾的出现，让整篇文章豁然开朗，尽管他经历的只不过是一场别人眼中二十分钟的爬山，但他毕竟只有三岁，海拔457米的黑特尔山已经是一座大山了，是他人生的第一座高峰。仿佛一杯白开水里撒上了茶叶，完全变了口味，而且耐人寻味。

如此看来，无技巧也是一种技巧，是类似武功上所说的无招胜有招。

有时候，我们只盯着故事，盯着戏剧冲突，忽略了生活大多数时候那些微妙的、一闪而过的、没有说出的情绪和话语，而它们往往比故事、比戏剧冲突走得更远。

技巧和生活本身也像树叶和树干的关系，树干越粗大，枝叶越繁茂，而且张炜老师不经意地从另一个角度更深入地诠释了它，"要有足够的自持力，就必须长成一棵大树。可是放眼看大地植被，最多的不是大树，而是小树，草木灌木最多。在这个风力很强的时代，只有长成一棵大树，这样大风来了，枝叶可以动一下，主干还不至于偏移"。

停止观察，你就完了

某些人眼里，写作是件很玄的事，要等待灵感降临，而灵感这种东西，就好比，脑中突然一道闪电划过，一个词语……一个构思……啊，如果写出来，就……马上！马上！！马上！！！等我……可是，一阵哗啦啦的抽水声后，或者冲出浴室的一刹那，就已经完全不记得了。

说得有点夸张，把写作雷同于巫术了，都被一些看不见摸不着的东西摆布。

也有人不这么看，认为写作和朝九晚五的工作没什么不同。无论你今天感觉如何，都必须上班。不必非等灵感降临才能开始，要做的只是坐下来好好工作。一旦潜意识明白你没借口了，大脑就会开始配合，效果惊人。

无论如何，写作很难。因为了解世界很难，让人物在纸上活起来更难。

那就尽量写自己熟悉的东西。要熟到什么程度，作家李佩甫在《羊的门》开篇描述豫中平原土壤的气息："若是雨天，大地上会骤然泛起一股陈年老酒的气味。那是雨初来的时候，大地上刚刚砸出麻麻的雨点，平原上会飘出一股浓浓的酒气。假如细细地闻，你会发现酒里蕴含着一股腐烂已久的气味，那是一种残存在土壤里的、已很遥远的死亡讯号；同时，也还蕴含着一股滋滋郁郁的腻甜，那又是从植物的根部发出来的生长讯号，正是死亡的讯号哺育了生长的讯号，于是，生的气息和死的气息杂合在一起，糅勾成了令人昏昏欲睡的老酒气息。"

若不是对一个地方了如指掌，不会有这样的文字。

不过创作还有一个重要成分是想象，著名作家杨绛形容，经验好比黑暗里点上的火，想象是这个火所发的光；没有火就没有光，但光照所及，远远超过火点儿的大小。

写作也很像水经过发酵酿成了酒。

酒的好喝与不好喝和很多东西相关，甚至盛酒的器皿、酿酒的需要时间，写作更是一场持久战。

人类彼此之间，以及人类和环境、思想信仰体系之间的真相，如何让读者在小说中找到它们？

你会发现，你要说什么，也就是你要怎么说它，都要花费你不少时间。跟随语言不断进化——新的声音、新的风格以及新的行为，这个也许不是最难的，难的是不能让读者感受到你的难。

除了文学的套路，一个写作者还需要接触并激起灵魂、情感和记忆深处的东西。

也许是吃到某样东西时，突然想到了老家的热豆腐，还有那些逝去的一大堆好吃的东西，眼中竟然盈满了泪水……

也许是一次专车经历，不由得感慨这是多么美好的新生事物，想起了曾经打车的受虐，爱恨交织中又怀抱一丝期待……

米奇·阿尔博姆说："每个生命都有两个故事。一个是你真正经历的，一个是由别人讲述的。"

对一个写作者而言，停止观察，你就完了。

是颜色不一样的烟火

你那里下雪了吗?

一场雪下来，雾霾无影无踪，天地一色，整个世界的喧嚣被过滤，零星的叶子随雪入泥，枝头轻松、简洁、静美……这要是一幅画，该是郑板桥的风格，"删繁就简三秋树"，以少胜多，用最简的笔墨表达最丰富的内涵。

鲁迅先生谈写作时也这样强调："竭力将可有可无的字、句、段删掉，毫不可惜。"

所以，陈词滥调要删——对于一个从事写作的人来说，或许最大困难也是最大的痛苦，就是总得费力地排除陈词滥调，尤其是那些来自学生时代的陈词滥调。

比如一想到作文这回事，就立刻端起来，开头必得几个排山倒海的排比句，结尾必得升华、点题。

一写到我的母亲，必是多么慈祥，多么勤劳，多么爱我，连用的形容词都大致相近。

又想起天天五年级时的一个回答："为什么你总是用'天上的白云像羊群一样……'""考试的时候不会错。"

倒不是说那些词调没有一点意义，但从作文的角度看，它们因变成了公共语言而毫无意思……人也给弄呆了。

难道大家都长着同一个脑袋？难道母亲没有错过？难道母亲就没有一点遗憾吗？

虽然我们都被扣了一顶帽子，"只是一个普通人"，但再普通的人细分出来，也是各有千秋。

这世上没有一模一样的两片叶子，也没有完全一样的人生，只有形形色色，每个人都不同才有意思啊。

真实最重要，所以，多余的矫饰更要删除。孙犁先生谈写作时说，修辞立其诚。意思说，修辞的目的，是为了立诚，然后才是修辞。只要是真情流露，不用华丽的辞藻，也充满感人的力量。

好的作品不论雅俗，只关乎真，不浮夸，不做作。我手写我心，好比一朵花，或许没有别的花艳丽浓香，但也是独特的一个；虽然不出彩，但不与人重复，在百花园中自有其存在价值。

不独写作，人生亦如此，天然去雕饰，朴素之美才是大美。

和作家刘玉堂先生在一起聊天时，他常说一句话，随着年纪渐长，并非朋友越多越好，而是到了淘汰朋友的时候，把多余的一切都慢慢删除，心头的烦忧、生活的失落、外在的浮华，全都放下。只余闲逸、自在、清气满怀。

最近，一档卫视的音乐节目中，上来一位崔健推荐的歌手，一个笑容可掬的"老头儿"，他的嗓音沧桑纯净，没有什么花哨的东西，但就是让人感动。

上场前他说："我离开音乐圈挺远的，我觉得做音乐首先是做给自己的，然后如果有别人喜欢你的音乐的时候，是一个很偶然的事情。简单地生活，内心安然而身体舒展。"

人也可以活得像一株植物，叶芝的诗里说："她劝我们从容相爱，如叶生树梢。她劝我们从容生活，如草生堤堰。"

这样的人生，用自己的眼睛来看，用自己的心灵来感受，用自己的话语来表达，自然也会有自己的文字——我就是我，是颜色不一样的烟火。

文字里的秘密

关于春天，印象深的是顾城的诗句："每一阵静静的春天的激动／都成为一朵小花的生日。"

春天里隐藏的秘密太多了，文字里的秘密也太多了。

正如辛波丝卡所说："埋伏在白纸上方伺机而跃的是那些随意组合的字母，团团相围的句子，使之欲逃无路。一滴墨水里包藏着为数甚伙的猎人，眯着眼睛，准备扑向倾斜的笔，包围母鹿，瞄准好他们的枪。"

形象又贴切。文字的世界里，既有下笔如有神、唯我独尊的喜悦，也有从头至尾的失望，痛苦难忍。

在将每一句话写下来之前，其实很难知道它长什么样子。任由你组合每一个词语，安排每一个句子，讲每一个故事，可能性太多了，却也容易选择困难。每往前一步，都是千万中选择一种，这样的挑战，哪一个写作人不曾面对？

若有一套标准可好？清楚地告诉你哪一个字该站什么位置，哪一句话该出现在开头还是结尾，但这不是文字世界的规则。就像你已熟知路线的迷宫还有什么吸引力？最好行于所当行，止于不可不止。不用指路牌，与读者自有默契。

好的文字理应如此，不好的却各有各的不好。

回忆下是否见过这样的文章，作者像领导讲话那般告诉你，我要讲一二三点，实则毫无联系，然后还不断地总结，不断地预告，不断地提示，这该是多么无味的文字。

还有一种自说自话的文字。很多术语，很掉书袋，很有优越感，你知道的，别人也一定要知道吗？你自己的感受，别人也一定应该感同身受吗？实话实说，我们常常高估了自己的"善解人意"。

好的文字是生动、具体的，让人浮想联翩，充满画面感。

而不好的文字则是另一个极端，没甚趣味，读三十遍还是在纸上。因为懒惰的作者不喜欢具象化，因为这费时费力。而心虚的作者则不敢具象化，因为具象化有赖于真正深刻的理解和丰富的感知。泛泛而谈，无话可说，都是有原因的。

当然，聊起写作，最重要最有趣的问题还是：为谁而写？

每个人写作时脑子里都免不了有假想的读者。写给谁看，当然内容不一样，风格也不一样。所有的实践都告诉我们，要明确目标读者，试着理解读者想看到什么。

作家刘玉堂先生曾在他的《作文三件事》中说道："要么讲一个带有启迪意义的道理，说服他；要么说一个非常有意思的故事，打动他。"

但也有人写作只是为了自己。每一次写作，都是一次与自己的对话，忠于自己是最高原则。笔起笔落，直面自我。

无论是面对读者，还是面对自己，有效地自我表达，需要技巧，更需要一分坦诚。

近一点儿，再近一点儿

    村上春树的一首诗中说，为了目击樱花绽放那一瞬的光彩，路途再远也愿意前往，"看到鲜艳的色彩在眼前凋零，会不自觉地松一口气"。"当人们目睹一场美丽的盛宴消逝时，反而能找到安心感。"

    而我正好相反，我去看花，只为亲眼确认那小小的光芒，纯粹的美丽，只有那一刻才是安心的。和贾宝玉同类风格，喜聚不喜散，那花只愿常开，生怕一时谢了没趣。

    看花时，虽不一定如王阳明老先生所言，此花颜色一时明白起来。而我终于渐渐清楚，同样的黄花点点，连翘只有四个瓣，身材像小树一样，迎春五个瓣，枝和柔软得如伸展的手臂；还有，木瓜是贴梗海棠的果实，木桃是木瓜海棠的果实，木李才是木瓜果实，听着乱吧？谁让木瓜和海棠是近亲呢。

    不过，有人喜欢花，自然也就有人无感，而细细地观察可以包治一切植物脸盲症。

    写作也是一样。治愈生活脸盲症的办法就是张开所有的感官，留心视线内的一切，生活并不是我们看起来那样简单。观察得多了，就像警察，一眼就能看出谁是小偷。这是贾平凹说的，他还说，在观察中，培养自己的敏感性，"就像花粉过敏，你一遇到花粉，他身上就冒起小疙瘩"。时间久了，只要看上一眼，听上一耳朵，一瞬间，就有一个形象印在你心里。然后思考，思考现阶段以及以前、以后在他身上应该发生或将要发生的事情。段位不断升级，当然也会像张爱玲那般过目不忘，眼光一轮，便了然于心。

而我们这个时代的有些作家，还是躲在书斋里批判现实，实际上他们对现实一无所知。从经典著作中，从各种新闻中，从各种口耳传言中得到的不过是这个时代的皮相。

当你拨开这五光十色的表面会发现，几百万、几千万芸芸众生，真正光鲜的并没有多少，布衣百姓大都过着简朴的小日子，演绎着生活的悲欢离合。光鲜的大人物通常只活在春天里，而小人物却活在四季中，既有春光暖阳，也承受生活的寒风冷意。

真正的观察是直面，去感受小人物的痛苦和苦难，需要一种真正深入生活、解剖生活的能力。做一个在秋风中嚎哭的杜甫，或者梦游天姥的李白，其实是容易的，因为我们拥有他们的传统和经验。但是，要像作家张炜先生，写我们的当下，写当下的中国，写"在个人虚拟的田园里，每一寸土地都已经被数字化，这块土壤上的所有植物，甚至连茎叶的毛细管，都与周边这个飞速发达的数字世界息息相关，血脉交流。任何人的隔绝于世都只能是一个梦想，无论是心理上还是现实中都做不到了"。若没有足够的眼光的准备、价值观的准备、方法论的准备，即使眼睛睁再大，也是看不见的。

这个时代要想得到真正的文学性观察，写作者们必须站在离现实很近的地方，套用一句话，"别再报怨你写得不够好，那是你离得不够近"。

一万小时，足矣

为什么写作？

每一个写作的人都会被问这样的问题吧，或者在心里悄悄问自己。

那些流传甚广的答案大都出自名家。巴金说，我想用它来改变我的生活，改变我的环境，改变我的精神世界；博尔赫斯说，我既不为少数人也不为多数人写作，而是每当我感到有些东西需要表达出来时，我便提笔写作；昆德拉说，写作，带给人的是那种反一切之常规，从中得到的唯一的欢乐与幸福的感受——向敌手挑战并激怒他们的朋友；杜拉斯则说，就为什么写作的问题，报界曾不厌其烦地向我提出过。我也曾试图比较礼貌地给予回答。但实际上，关于写作，我无言答对。此乃神奇之功，对此我一无所知。

这些答案或多或少也传递出你的心声。不管自愿还是被迫，当你决定走上写作这条路，请先接受这盆冷水——这是一条寂寞的小路。

而且很窄，正如作家柯云路所言："书是一个字一个字写出来的，之前还要有大量知识与生活积累。这是一门付出常常得不到相称回报的职业。许多人用多年心力写作一本书，却可能不得出版，有的即使出版了也默默无闻，悄无声息地淹没在书海中。只有很少的作家有面对公众的机会。当人们看到作家面对的鲜花和掌声时，并不知道这一瞬间的光荣是几年甚至十几年、几十年的努力。"

冷水浇过，还是打算要走下去吗？那听听贾平凹的鼓励：一定要相信自己的创作，"既然已经干了这个事情，就要相信自己的力量，相信自己能把事情干好，而不要强调太多的困难、太多的不如意、太多的环境问题等等"。

因为先哲说过，当你把自己交给神的时候，不要给神说你的风暴有多大，你应该给风暴说你的神有多大。

西方人更相信1万小时定律。作家格拉德威尔在《异类》一书中指出："人们眼中的天才之所以卓越非凡，并非天资超人一等，而是付出了持续不断的努力。1万小时的锤炼是任何人从平凡变成超凡的必要条件。"

然而，写作远非时间的单纯累加，它比一般人想得更难。从语言、结构、章法到情节都很难，写作是一个自我较劲、自我矫正的过程。

同样的初夏，细节的不同，面貌自然各异。在卢海娟眼里，"让大家兴奋起来的，是泡子里成团的'蛤蟆籽'，那东西絮状，远看就像映入水中的云朵……小孩子发现了蛙鸣的蹊跷，纷纷鼓舌弄唇学蛙叫：把舌头抵在上腭，聚拢嘴唇再咧开嘴巴，让气流从舌尖和侧面分别挤进挤出，便可以惟妙惟肖地学出蛙的低鸣"。

你的初夏呢，从视觉、味觉、嗅觉、听觉和触觉去处处感知，尽可能把每一种感觉都写下来，不要漏掉。

合格的写作者，除了细节，能记住多少每天接触过的人或事？甚至梦境，都有可能成为与众不同的素材。

都说人和人十年后的区别决定于下班后两小时，当然还包括周末、假期，以及所有可以见缝插针的时间。

阅读，写作，1万小时，足矣。

一直写下去

天热，心静自然凉。

我在心里一再对自己说，做编辑，谁会不遇到这样的难题？稿子不行，如何委婉地告诉对方；不行的稿子一投再投，如何拒稿才能把伤害降低到最好没有。

又想起那个老故事：某年轻人缠住音乐大师，硬要拉一段小提琴给他听。如果大师肯定，他就要全身扑向音乐界。如果否定，他也希望提前预知，不要因此浪费了不该浪费的时间。演奏结束，大师摇摇头，"你没有激情"。

几十年过去，两人再次不期而遇。那个年轻人如今已是非常成功的商人了，讲起往事，他说，"当初你是怎么一眼就瞧出我没有激情呢？"大师如今垂垂老矣，"不管是谁，要我听他们演奏——我都会跟他们说，他们爆不出火花"。"实在是太可恶了！"那商人叫道，"你怎么可以这样？你改变了我的人生啊！"老人摇了摇头，"如果你有激情的话，你根本不可能理会我的评论"。

可是，即使有激情，是否就该鼓励他一直写下去，因为相对于绘画和音乐，写作是项更苦的差事。几乎每一个画家都会热爱绘画的过程；每一个音乐家拿起乐器演奏一番，都是一种享受。而写作，孤伶伶，一个人坐在书桌前面，看着空白的墙壁……马尔克斯就说过，这跟海上遇难者在惊涛骇浪里挣扎一模一样，谁也无法帮助一个人写他正在写的东西。

除了激情，还要耐得住寂寞，知道如何享受（至少要知道如何忍受）创作时那种全然的孤寂。

即使耐得住寂寞，却也必须跟外界有适当的接触。

因为我们不能始终孤独，不能期望家人在情感上可以自给自足。孤立的写作者，最终会跟世界失去联系。在创造素材消耗完毕之后，也找不到补充的来源。

生活本身原比写作本身重要得多。

在各种社交中，人与人之间会有很多激荡，像花粉的点染，更像站在一面镜子前，更深切地看到自己：我是谁。

马尔克斯这样描述过理想的写作环境：上午在一个荒岛，晚上在一座大城市。上午，我需要安静；晚上，我得喝点儿酒，跟至亲好友聊聊天。不是寻找素材，而是促人思考。

懒惰的写作者是不思考的，而太"勤奋"的闭门写作似乎也无暇思考。

每天吃了饭就坐下来写，每天要写多少字，这样会把自己逼入平庸的境地，似是而非，浅尝辄止。作家张炜指出："我们平常想问题有很多残缺，这儿有问题、那儿有伤疤。那就让我们停下来，想不明白可以不想，留着它，因为说不定隔一段时间它会自己解决。"

马尔克斯则说，如果一个想法经不起多年的丢弃，我是决不会有兴趣的。而如果这种想法确实经得起考验，就像我写《百年孤独》想了十五年，写《家长的没落》想了十六年，写《一件事先张扬的凶杀案》想了三十年一样，那么，到时候就会瓜熟蒂落，我就写出来了。

有了激情、意志力、思考……对写作而言，就一定直指成功了吗，好像还要天赋、信心、运气，而运气总是来来去去，难以捕捉。

　　这么热的天，思绪难免混乱，其实，我想说的是，天太热了，喜欢户外锻炼的人，在操场上跑个两圈就回家，享受空调冷饮未尝不可；若你不怕热，就多跑几圈，一直跑下去。

　　有的人，就是这样，会一直写下去。

囿于一种形式

日历上显示：宜寂静，聂鲁达诞辰（1904—1973），还印有他让人心醉不已的诗句：

我喜欢你是寂静的，仿佛你消失了一样。你从远处聆听我，我的声音却无法触及你。好像你的双眼已经飞离远去，如同一个吻，封缄了你的嘴。如同所有的事物充满了我的灵魂。

有评论说，聂鲁达同时拥有睁开的和闭上的眼睛。他以一种奇异的、幻想的和日常的方式看待现实。

这样的看待方式下，流露出的诗句如同波浪，忽远忽近地涌来，却形象可见。

"如同一个吻，封缄了你的嘴。"如同和好像一样，都是拿两种不同事物之间的相似性，来说明事物的特质，来传达内心的情感。尽管形象化的比喻有时也可能歪曲了我们的意思，但更可能因此产生出诗意的表达。

聪明的写作者，知道尽量在文字中不使用习惯了的比喻，尤其诗歌，尽量不使用成语。因为陈旧的比喻丝毫不会产生新鲜的生动，而创新的比喻大为不同。无论如何，一个天才的比喻，在于发现比喻和被比喻之间的那种奇妙的关系。

今天写一句我真想念你，比"音容宛在"更加动人，因为"音容宛在"变成了一个形式，它原来曾是一个了不起的句子——声音容貌都好像还在，古人写这个挽联是非常动人的，可是因为它变成了一个惯性，每一个人死了都可以写"音容宛在"，就变成了没有感情的东西，所以说文学为什么要不断地更新，因为文字会死亡。今天，你当然可以说，为什么他走了那么久，但是声音和容貌好像还在，这又可以变成另外一种文学。

囿于一种形式，有时让人难以分辨出好坏，比如诗歌的押韵、修辞，对仗都非常完美，内容却空洞乏味，这个时候，文学就要革命了，文学必须把旧的形式整个打破。

唐诗宋词，元曲杂剧，明清章回体小说，一路走来，都在不停地打破陈腐的套路，寻找能让我们的真性情推动自己表达感情的所有力量，而不是变成一个很外在的形式。

然而，尼采说过，人类的共性是倾向懒惰。

天天小学时一直用一个比喻句，天上的白云像羊群一样，还反驳我，考试又不会错。

是没错，可是，这么懒的孩子，老师应该很抓狂吧。

对于写作者而言，同样存在着惯性的说法。懒惰的思维、不发展的才情，使得每个应当是一次性奇迹的作品沦为无用的陈词滥调，这是一个写作者未能成功克服和超越过往的自己、却又未能遏制住写作冲动的失败表现。

长此以往，即使是最迟钝的读者也能觉察出这种重复背后的腻味，此时写作者失去的不光是读者，他也把创作的魅力通通牺牲掉了。

将简单的招式练到极致

虽然立冬了，山上还是一派深秋的景象。

天空和云格外引人，刚才还斑斓铺展，好像一片水田的层云，瞬间不知谁的手扯成细碎的棉花，撒在晶蓝的底色上，而一朵朵逆光的云朵，灰色的边缘柔和透光。这样的时候总有诗人辛波斯卡那样的感叹，幸好不是气象学家、物理学家，对云彩、云气、云层的多姿多彩，才有不同的意象感受。

再试一下乔治迪迪·于贝尔曼在《看见与被看》中的话：闭上你的眼看。就是用心看，用感觉触摸，可能比眼睛的观看更为生动。因此知道，那一片风景也在看我。

可以用在这个季节身上的词语实在太多：明媚、苍茫、萧瑟、飘零……还在电台时，为了写一个节目片头语，我用了浩美这个词，可较真的同事说，哪有这个词，根本不通。

我坚持，浩这个字多好啊，浩瀚，浩渺，特别广大的样子，不用浩美不足以表达我对深秋之美的折服。甚至我给外甥起的名字都是浩东。

著名作家刘玉堂老师曾提醒，同一篇文章尽量避免使用相同的词语，尤其是同一段里不要重复使用，他还说，对于方言俚语或者生造的词，如果经正式出版物刊登过，一般才可以引用。

鲁迅先生可谓造词专家，比如"纸老虎"一词，大都认为是毛泽东最先使用，但鲁迅早在1933年就使用了，他用于《为了忘却的记念》一文。再比如"妒羡"，也是鲁迅先生的产品，用于1925年所写的《孤独者》："全山村中，只有连殳是出外游学的学生，所以从村人看来，他确是一个异类；但也很妒羡，说他挣得许多钱。"

嫉妒中包含羡慕，这种复杂的感情肯定不是鲁迅先生最早觉察，但他却是找到表达这种感情词语的第一人。

作家都有语言过敏症，他们会在写作中创造新词、新句，以求与内心的感受达到百分之百的匹配。

如果写作者一定要必备个工具箱的话，打开它，放在第一层的一定是词句。

并非越生僻越好，有话直说，不要尝试去粉饰词汇，简单直白也是好词，有些故作高深，实则不熟悉的词，反而碍事。

在《写作这回事里》，斯蒂芬·金有句很贴心的话："就词汇而言，你大可以满足于自己已经有的，丝毫不用妄自菲薄。你有多少不重要，怎么使用才重要。"

因为我们往往会忽略一个叫语境的东西。

木心说过："《红楼梦》中的诗，如水草。取出水，即不好。放在水中，好看。"

余华写过"做人还是平常点好"的句子。有点像鸡汤，好不好呢？

它出自《活着》，福贵说："做人还是平常点好，挣这个挣那个，挣来挣去赔了自己的命。像我这样，说起来是越混越没出息，可寿命长，我认识的人一个挨着一个死去，我还活着。"

全都是小学词汇，不着修饰，全是短句，也没有一个副词。只有在合适的语境中，它才算真正的好。

但这也只是好像爬山前找对了一双鞋。关于写作，打开的工具箱里，第二层、第三层又该放些什么?

说到底，语境的背后，还要有更厚重的东西加持：语法、见识、对世界的理解、日积月累的智慧。正如秋天的浩美，并非朝夕可得，毕竟走过了春风夏雨，一日一日研磨而来。

在武侠世界里，将简单的招式练到极致就是绝招。难道这说的不也是写作? 金庸先生从未走远，他的精神一直都在。

"你想写"和"别人爱看"

既然今年的落叶出挑得如此完美，那不妨趁着第一场雪到来之前多收集一些。

想要做书签的，可以选形状完整、干干净净且有美感的，想要用老茎玩拉力游戏的，那就选结实富有张力的，若单纯只为欣赏，自然选色彩最具感染力的。

若从一个编辑的眼光来看，好的文章也应该如此：准确、完整并且有美感，文章的语言有张力，讲究结构和节奏，最后形成感染力、说服力和传播力。

想用这些个词来说明我对一篇文章的期待。

大自然成就的落叶到底美给谁看？它似乎没有那么强的主观性，但对写作者而言，必须各有各的对象感。

学生时代，文章是写给老师看的，再具体点儿，是写给阅卷老师看的，不得不写。符合老师的要求是第一位的，脑子里想的尽是议论文三要素，材料的表层意义和深层意义，为了分数，逢迎而上。

走出校园，倾诉的对象变成某些人或某一个人，终于可以传达自己的想法，有意识地表达内容。聊天似的，越具体越好，越明确越好。

即便如此，一个好的聊天也要避免非常自私地自说自话，完全不顾对方的感受。

生活中所有的表达、所有的倾诉、所有的沟通，都可以是作文。但"你想写"，还要"别人爱看"。

就说那个著名的落叶故事吧，方丈想从本门最得意的两个徒弟中选一个做衣钵传人。但是，两个弟子都很努力，而且平时做功课、干活也都很勤奋，很是不好挑选。

一天，他终于想出了一个办法，对两个徒弟说，你们出去给我拣一片最完美的树叶。时间不久，大徒弟回来了，递给方丈一片并不漂亮的树叶，对师父说："这片树叶虽然并不完美，但它是我看到的最完整的树叶。"

二徒弟在外转了半天，最终空手而归，他对师父说："我见到了很多很多的树叶，但怎么也挑不出一片最完美的……"

最后，方丈把衣钵传给了大徒弟。

其实，两个和尚都没有找到最完美的树叶，可是第一个和尚却拣回了自己认为最完美的树叶。

正如他所想，每一片树叶都是独一无二的，那到底什么样子才算是最完美呢？归根结底是要看自己怎么认为。

而在我看来，第二个和尚追求完美并没有什么不好，但什么事情都要有个度，过度成为负担，把握好度，就是一种平衡。

"你想写"和"别人爱看"也是一样。归根到底是我们要做生产者，但平时都是消费者的心态，永远在看，是一种分裂状态。需要以生产者和消费者的双重角度来介入阅读，体验写作。

如果读的东西太少，没见过太多的好东西，就容易对自己少许的才华产生迷恋。相当于一个在深山里的人发明了火柴，便以为自己能拿诺贝尔奖，并不知道满世界都是打火机了。

一直埋头写历史故事的同事说，看了很多天文纪录片后，觉得那些权力争斗"Just so so"了。

这让我想到有一本美国人的书里提到，最好看的文章是数学课里的。"一个数学的头脑，最显著的特色不是逻辑，而是美感。"反过来说，想要"别人爱看"，可以去读读类似的文章，如何准确、简单、简明扼要、层次分明、结构完整。

仿佛永远没有结束的通关游戏，不断研讨和反思，会发现自己还有提升的余地和改进的空间，会知道永远没有满分作文，永远没有可以画句号的文章。

山上也是，每一年的落叶都不一样，每一次去，都会发现新的有趣的好看的落叶。

文学的眼睛

蹲在大树下看蚂蚁搬家不是只有小孩子才热衷的。

其实，在我们生命中，一直有一种好奇心，就是去发掘一个陌生领域里的生命痕迹。

哪怕在公交车上，看到一个人的脸，会忍不住从她的脸上找发生过什么事的线索。那些生命的痕迹，会留在人的脸上、身上以及所处的空间里。

朋友发来"写在日历上的诗"，起初还有点担心他能不能坚持下来，以为随时可能中断。可他或长或短，一日一日，竟然一直写下来。

"请相信这个世界／仙女虽然不在你单位／每天早晨的公交车／她站在乘客中间／感动麻木的人"

"窗外就是老舍公园／只需要迈出一脚／便不再拥有私密空间／再迈出一脚／就会跌入历史的遗迹"

"在乡下／再绚丽的花儿也不是／为了好看而开的／如果不去生个娃娃／必如南瓜的谎花／一生孑然而立"。

这是生命痕迹的发掘，是诗意的延展，也是文学的开启。

人世间，大概没有哪一个生命和另一个生命是绝对没有关系的吧。

这让我想到两个人合作去采访，性急的人对性子慢的人颇多抱怨，甚至打起退堂鼓。我说，你是小说家啊，为何不从旁观者的角度看看，说不定能为你的小说增加一个人物呢。

果然，再聊时他已经兴致勃勃，几成一篇爱伦坡的《人群中的人》。

当我们的眼睛从一架无意识、无情感的摄影机，变得有情、有感觉，或者说从被动变主动，就可以看见很多以前看不见的东西。

这是小说家的眼睛，也是文学的眼睛。

即使平时很熟悉，自以为很了解的人，比如父母、子女，甚至一个24小时和你生活在一起的人，在这双"眼睛"下，总有一刹那的感觉，好像不认识了。人和人的相处总是难解，每个人都是在了解与陌生之间游离，不可能绝对地看清。

有位作家说，父亲过世后，他一直想写。但他不能把他当作父亲写，那样只会写出"父亲走了，我很难过"之类的八股。他要把父亲变成一个陌生人，因为陌生才能进入很多事件中，去想这个男人真正在心里想什么？他爱母亲吗？他爱子女吗？他这一生到底有什么愿望是没有实现的。

如此一来，文学的种子破土发芽。

文学的眼睛，其实是一种疏离，保持旁观者的冷静，去看一切与你有关或者无关的事。

把握好这种距离并不容易，摄影界有句名言，如果你拍得不够好，是因为你离得不够近，也听说从前的意大利画家萨尔瓦多·洛礼为了研究强盗，不顾自身的危险，加入山盗之群，即使这样，也未必能得到自己想要的东西吧。

日本作家夏目漱石倒是给出了办法："必须把自己的感觉的本体拿出来放在面前，从这感觉退后一步，确实地安定下来，像别人一般检查这感觉——必须造成这样的余地，方才济事。"

所以，可怕的东西，如果只看到这可怕的东西本身的姿态，也能成为诗。凄惨的事情，如果离开自己，只当作单独的凄惨事情，也能成为画。失恋可作题目，忘却苦痛，使那美好、同情、忧愁浮现眼前，就能成为写作者的材料。

多少优秀的作家是个中高手，写作《红楼梦》的曹雪芹尤其是，你看他有时候是宝玉，有时候又不是，有时候他比别人更残酷地看待宝玉。他的疏离，成就了了不起的文学。

另一种乡愁

天下没有不散的筵席。为期三天的作代会结束了，和一些新朋友的友情却似乎才刚刚拉开帷幕。

会中的一些场面现在想来还忍俊不禁：在公园附近的火锅店里，在座的一位边开涮，边觑着窗外的雨。哎，你们看，刚才还是雨帘，现在成雨线了。在他的循循善诱下，我们的脑袋频频齐转——风来，雨线令人心动地荡开，深绿浅绿的叶片在饱含湿气的透明空气里性感摇曳。一顿饭下来，每个人的火锅里都多了一味诗意的作料。

八月的济南，秋雨一场接一场报到。开会的间隙，房间里的高谈阔论声，关不住似的飘进楼道里。小说写完了，有四家影视公司来找，可我实在不知道这个影视改编权该卖多少钱。有人给她出主意，给钱就卖，就当打知名度了，也有人说，不能轻易出手，别书呆子气兮兮，你要相信自己的价值……这样看似和创作毫不沾边的话题一样聊得津津有味。

不免想起我的大学时代。那个时候，我们最喜欢熄灯后的"卧谈会"，迷恋金庸的我们打算集体创作一本武侠小说，于是每晚热火朝天地接龙着故事情节，五花八门的绝世武功凌空出世，一招比一招厉害，闷不作声的那个，居然说连续剧的主题歌她都已经想好了。而我，为女一号起了个响当当的名字——楚天娇……黑暗中，我们青春的眼睛闪闪发亮。

后来毕业了，有的继续写，但总有种感觉，写得越多，越摸不到彼岸。生活和作品里的生活，完全不是一回事，像看镜中的自己。

我身边还有这样一些人，他们生活在看似远离文学的世界，却时时处处流露出动人的文学情怀。她会为一件漂亮的书衣钟情，他会为成全了一对小鸟的美事而暗自欣慰。闺密在电影院一遍遍看《机器人总动员》时，一遍遍被感动。还有一位对我说，他曾经对着故乡大片的野菊花，为那大片黄菊花中唯一的蓝菊花而掉泪，那种美让人心疼。

就是这位曾经的文学青年，如今也已过了不惑，开始有了怀旧的心情。最近，在翻看以前的"垃圾"时，他突然明白，在那样一个不谙世事、懵懂青涩的年纪里为什么那么热衷写根本不明就里的男女爱情。那是因为一朵花，实在美得无以表述，便去写作，通过想象来宣泄。而我，看到以前的稚嫩之作，居然佩服起那毫无技巧的文字，自恋地想，啊，那个时候写得真好啊。

我们不能自已地一遍遍回首，谁又能说，这不是另一种乡愁？

"所见"，便是好文章

其实我们很难找到一个标准，到底什么才是好作文。

一位我景仰的作家在为朋友的孩子辅导高考作文时，曾提醒道，一篇作文中尽量不要用重复的字，这大概也算是好作文的标准之一。

而苏轼的为文之道，"常行于所当行，常止于所不可不止"，就有一种好文章应是"顺其自然而然，非人力所能及"的意味。

在编辑过程中，能体会到作者写作时那种行云流水般的自由自在实在是一种快乐，然而，另一种快乐也很难得，仿佛不经意间，让我们撞见一次又一次的意外，这样的文章，作者一般会有一条主线，是提前预设好的结构，但在写作过程中又不断地把这个结构拆解，让你始终难以猜到结尾。

我一个画画的朋友说，这有点类似现代主义的一种抽象画法，即便你已经想好了所有的构图，了然于胸，然而等到第一笔甩出去，就全部推翻了，因为它会从这一笔发展出下一笔，然后发展出第三笔、第四笔。

创作是非常奇特的东西，往往是自己预设好的那个理论被彻底颠覆掉以后才是好创作，而相反的，我们做好一个大纲，完完全全按照大纲走，大概都很难是好创作。

这也好比旅行，到底要不要提前做好攻略呢？

在陈丹青笔录的木心的《文学回忆录》中，他提到，木心先生上文学课，常会说，今后诸位走访列国，必要熟读该国的人物与史迹，有备而去，才是幸福的出游。而木心先生自己就能摘取书报刊载的各国掌故，点染铺衍，写成诗作与散文。

我的朋友则在每次长途旅行前，花尽心思做攻略。因为她说自己没有大把的时间在景区住下来游览，也没有大量的人民币任她在旅途中随心所欲。所以要做足功课，让自己在有限的时间内，在旅行中玩得开心，不留遗憾。

而陈丹青先生恰恰不这么认为，他觉得：待飞机落地，入了宾馆，然后抬脚走到马路上，我于这国家的认知———倘若走在马路上也可算作认知的话———这才刚刚开始：直白地说，新到一国而使我油然动衷的一刻，正是无知。

无知而旅行，大概有了撞见更多意外的机会。

人生本来充满了意外、巧合，充满了偶然，充满了很多意外当中的领悟，不存在一切规划好了，然后按这个样子发展，没有一个人生是这么呆板的。

也不存在这样一种创作，一切都按自己原来计划好的发展。

鲍尔吉·原野在《关于白菜》中提到："批评家经常提醒作家写作多注意细节（这是多么好笑的一件事），母亲们对于家务的描述倘若没有细节就一句话都说不出来。她们所说的都是自己与听众可以看到、摸到、闻到和听到的一切，全是细节。"

若没有拥有丰富的生命经验，注意细节了又能怎样，若拥有了丰富的生命经验，明明白白去写一件事，抑或横生枝节，而这个枝节又带领出不同的事件，不论哪一种写法，以文字描摹所见而已："所见"，便是好文章。

心中有彼此

就像阴霾的天气里渴望阳光，在文字的海洋中游走，期待着闪闪发亮的东西。

它最好像曹植《白马篇》中"长驱蹈匈奴，左顾凌鲜卑。弃身锋刃端，性命安可怀？"那样的热情豪迈，也可以如李白，"举杯邀明月，对影成三人"的一点孤傲与落寞，又或者陶渊明洒脱归去时那般"舟遥遥以轻飏，风飘飘而吹衣"。总之，它自由自在，可遇而不可求。

当然，这样闪闪发亮的东西在每个人眼里又或许是不同的。

法国的哲学家萨特，他介绍过很多名家，其中让·热内，写《鲜花圣母》时是在监狱里，在那种很小的作工的纸上写出了他的一生，写的都是最忌讳的问题，同性恋和监狱生活。萨特看到了，却说在他的作品中发现了一种特别的东西，即他对人的荒谬生活处境表示了毫无拘束的抗议。并且认为，一个不意图别人看的作品是非常精彩的作品。

我们无法断定热内写作时是否真的不意图别人看到。只是，写过日记的人知道，只有确定没有人看时，下笔才会很大胆，如果担心别人看到，下笔时就会不一样了。

日记尚且如此，何况写作。

曹雪芹最初写《红楼梦》，可能并不在意别人看，只是在晚年回忆自己一生的悲喜时，很大胆地把它全部记录下来，可是等到有一天有人开始传阅开始品评时，说你写得真好，他忽然意识到，原来有读者。

有了读者，他的下笔多多少少会考虑到阅读的反应吧，所以他会修正，不断地修正，于悼红轩中披阅十载，增删五次，"字字看来皆是血，十年辛苦不寻常"。在修改当中，透露出作者从完全率真地呈现家族历史，到最后多多少少用一些神话把真事隐去，用假语村言，这里面很明显可以看到，在真与假之间，他作了一部分调整，所以现在很多研究《红楼梦》的人试图了解红楼梦最早的版本和后来修改刊印的版本中间到底有多少差距。

没有写作是不考虑读者的。

虽然作家董桥在接受采访时说，到了七十我可以为所欲为了，不会有那么多顾虑，我爱怎么写就怎么写，你看不看我也不在意，我已经写了那么久了，我知道我在干吗。

看似不在乎读者，只要说出自己想说的话，写出自己想写的文字，可实际上，越优秀的作家，越是心中有读者，而且对读者有更高的要求。

纳博科夫甚至提出，读书人的最佳气质在于既富艺术味，又重科学性。单凭艺术家的一片赤诚，往往会对一部作品偏于主观，唯有用冷静的科学态度来冲淡一下直感的热情。不过如果一个读者既无艺术家的热情，又无科学家的韧性，那么他是很难欣赏什么伟大的文学作品的。

上周我同事采访奥地利小说家、剧作家、诗人彼得·汉德克时，他也说过，我喜欢阅读难懂的小说，轻松的作品不属于文学，那是供人消遣的。

所以，"聪明的读者在欣赏一部天才之作的时候，为了充分领略其中的艺术魅力，不只是用心灵，也不全是脑筋，而是用脊椎骨去读的"。

　　说来说去，真正的知己，怎么可能心中没有彼此。

　　偷闲去山上走走，发现已经是另一副模样了，这才吹了几场秋风啊，枫叶有的已红得似火，松树更加苍翠，叫不出名的树也在黄了，今年的菊花晚熟，越发显得与众不同……春去秋来，花开花落，若真有一个造物主存在，他在创造这个世界时，心中一定也有读者吧。

治愈选择困难症

不只是我，我发现很多人都有选择困难症。

双十一时，闺密叹曰，网购更累，哪里是货比三家，三十家都不止。就连买几本书，也颠来倒去拿不定主意（绝非经济困窘）。分析起每本书的优劣来头头是道，什么"我买了这本，好处是什么"，"我买了那本，遗憾是什么"，最后却说："我到底买不买了？"

啊啊，听得我都抓狂，"三思而后行"，也不是这个思法啊？据传杨绛先生回复过一位学生的留言，这位学生有一大堆的思考和问题，伴随着愁云惨雾的迷茫。杨绛只说了一句：你就是想得太多，做得太少。

在我看来，这句话适合几乎每一个人。在脑子里想象一件事情的时候居多，但真正动手去做的时候很少。

就拿写作而言，大多数人脑海中奔突的念头是，标题怎么办啊，到底怎么开头啊，我怕自己写不好，既然写不好，为什么还要去写啊。

另外一些人恰恰相反，脑海里已有很多宏伟篇章的构架，为此心潮起伏，汹涌激荡，夜不能寐。

然而，再伟大的作品也是要一个字一个字码起来。万丈高楼必须平地起，写一篇文章，多少都是一次煎熬，你得有精力花在构思内容上，花在两段之间如何衔接上；你更得有精力花在自我怀疑与自我否定上，你还得拿出"文字虐我千百遍，我待它如初恋"的心态，才能进行下去。

还有写完之后能发表吗？会被别人接受吗？这种种的压力和焦虑，又岂是写作独有，简直是这个时代的通病。

而这个时代的认知又强化了这种病。

哲学家施太格缪勒想想尼采，然后便自问自答："未来时代的人们有一天会问：二十世纪的最大失误是什么？在二十世纪，人们把物质说成是唯一真正的实在，唯物主义哲学成为绝大多数国家的官方世界观。"

那么，二十一世纪有什么失误？我不说最大的。人们经常说一句话：现在的人太浮躁。什么是浮躁？就是恨不能孩子在一夜之间长大，事业在一日之间崛起，恨不能一夜暴红、一夜暴富。

城市贫民在家里翻出个祖传尿盆鉴定后发现是文物价值过千万，这样的故事不是小说里的虚构，我们这个时代，只看结果，省略过程，让那种叫浮躁的病更加严重。

写作恰是治这种病的一剂良药。

一个字一个字地写下去，哪怕日记也好，不但可以梳理一下自己的人际关系，还可以站在对立面替你讨厌的对方想想，为什么他会那样想那样做，而不是任由某种情绪缠身，随波逐流。

一个字一个字地写下去，清晰地感知时间的流逝，从各种想法里摆脱出来，专注手头的事情。你会清楚地知道，在任何一点点看得见看不见的成就下面，需要付出多少努力作为基础。

当一个人感受到真实的压力时，才会感知到生活和生命真正的质感。那么，他的选择才可能是一种选择，他的渴望才可能是一种渴望，也终究有达成的希望。

所以，拿出你的笔，敲击键盘，一个字一个字地写下去吧。

你有诗心，才有诗意

春风越来越暖，春水越来越缠绵，春天里到底有什么，会引得一颗心蠢蠢欲动，于草长莺飞时荡漾起来，脚步们前赴后继，想要亲身感受大自然的变化？

"春日迟迟，卉木萋萋。仓庚喈喈，采蘩祁祁。"说起春天的鲜妍明媚，总让人想到《诗经·小雅·出车》中的这几句诗。

而《诗经·郑风》中，"出其东门，有女如云"，告诉你娇羞的姑娘们这时会打扮得花枝招展去游玩。

唐代的诗人们一到了春天最是容易激动，"闻道春还未相识，走傍寒梅访消息"。或结伴同行，喝喝酒、聊聊天，或独自出行，为了有足够的个人空间吟诗作对。可以"行到中庭数花朵，蜻蜓飞上玉搔头"；也可以"青箬笠，绿蓑衣，斜风细雨不须归"。

像朱熹老夫子这样的理学大师，也有些把持不住了。"书册埋头了无日，不如抛却去寻春"。王阳明更是生出新鲜而意味深长的比喻：你不来看此花时，此花与你的心同归于寂；你来看此花时，此花颜色一时明白过来。

然而，若论花之知己，谁人能比黛玉，《红楼梦》里那个"心比比干多一窍"的女子。她说："手把花锄出绣帘，忍踏落花来复去。""质本洁来还洁去，不教污淖陷渠沟。"春风过处，她的如乐器一般的心，便回响起玲珑的天籁。

每一个人都有自己打开春天的方式。朋友说："生活中，总能有小事让自己怦然心动，保持一颗敏感的心灵，多么幸福呀。"

去田野里走走，眼睛会看得更远，察觉到更多动静，听到最细腻的声音，皮肤能感受到风和气温的变化。

即使宅在家中，默默点赞朋友圈里各地的春日问候。也可以幻想，所有逝去的都会像万物重生一般，借着春天返回，甚至包括逝去的亲人。

去看电影《天才捕手》。吸引我的不只是那些仿佛时间暂停了一般细腻的文字，而当麦克斯倚靠在办公室独属他的座椅，嘴里吐出"她的眼比蓝更蓝，他内心蹦了一下，知道自己一见钟情了"（原话不记得了）。真真切切感受，见字如面，脑海中立刻浮现出这样的情景。

印象最深的是天台上的一段对话。

大概是"你不会没有价值的。在原始社会，我们的祖先，在狼群嚎叫的黑夜里围着火堆而坐，然后有一个人开始讲故事，其他人便不再那么感到害怕了……"

到了结尾发现，恰巧它也是沃尔夫绝笔信中自己最怀念的瞬间，"我们爬上楼顶，一起感受生命的冷暖、荣耀，以及它所散发出来的力量。"

与其说感动于千里马与伯乐，亦或说伯牙、子期的同怀视之，不如说惊叹于文字的价值：你有神性，它给你神示；你有佛性，它给你佛心；你有诗心，才有诗意；你有爱意，才能感受到爱情……

恒温世界里的敏感

哪里的春天都是花红柳绿，微风拂面；哪里的夏天都是蝉鸣蛙叫，艳阳四射。到秋天，又都会收获着不同的粮食和果蔬。只有冬天，是那么不同。

这个时候的南方其实更像深秋，天是蓝的，散乱地飘着不引人注意的白云，是近乎被忽略的轻白。树叶一片一片懒洋洋地落下，花还在开，忘了季节。

而这个时候的北方，已经很有冬天的模样了，虽然第一场雪还在路上，早晚已是纯纯粹粹的冷，阳光冬眠似的，偶尔睁开惺忪的眼。盼望已久的暖气来了，仿佛瞬间回到春天。

于是，每年这个时候，关于南方冬天、北方冬天的吐槽就会刷屏。

在北方：外面好冷啊，咱们去屋里暖和暖和吧。

在南方：屋里好冷啊，咱们去外面暖和暖和吧。

更有分析说，北方干冷属于物理攻击，多穿衣服就可轻松防御；南方湿冷属于法术攻击，完全要靠自身的抗性。

上周末在温州，活生生体验了一把南方的冷，气温骤降如同变脸，细雨中寒意绵绵，冷一点一点浸入骨髓，穿多厚都没用，再加一阵冷风吹过，不但冻透了，甚至觉得自己完全不存在了，已经和冷浑然一体，不能思想，什么感情、浪漫霎时间被抛之九霄云外。

好久没有这么冷过了。

而魏新细数的那些"从前冷"——"房檐下挂着冰溜子，窗玻璃蒙着一层冰花。风吹得刺骨，地硬得硌脚。晚上钻被窝要咬着牙，早晨钻出被窝，牙都咬不住。睡觉至少盖两层被子，再把脱掉的衣服铺到两层被子之间，起床时，衣服才会有些暖意。鞋最好在炉子上烤烤，要直接把脚塞进去，冷得直蹦跶。"更是一去不复返了。

如今，不只城市长得越来越像——街道一样，建筑物一样，醒着都难知身是客。气候的差异也越来越小，空调的使用，哪里都可以制造四季如春的景象，冷热的感觉早已模糊。

或许如魏新所说："写作的灵感似乎也被暖气熔化，甚至熔断了。"看风是风，看雨是雨，内心毫无波澜。

一个朋友说，真羡慕那些能写感悟感受的人，她也很想写，但却怎么也写不出。恒温的世界里，如何找回对生活的敏感？

在报人赵超构故里，当我看到房后矗立的文曲阁，会生成怪不得他这样文才出众的感叹。

而素有"倚马可待"之神功的他，却自谦，写文章"什么诀窍也没有。凡事都是逼出来的，熟能生巧……"

他在一篇《关于写短评》的文章中写道："文章越是经常写，题目会越多，写起来越顺当。经常写，由此及彼，产生各种联想，思路是畅通的，又感到一种写作的气氛，因而能不断写下去。"

所以，当我们热爱生活的心依旧，而敏感的神经开始变得迟钝时，恒温只是一种托辞，琐事繁多也是一种托辞。托辞多了，对生活的感悟力就会逐渐下降，以至于无法静心写作，所有的顺理成章都成了一定的因果循环。

不忘初心，方得始终。所谓的不忘初心，就是最初的梦想，就是我们自己想清楚了以后，所要成为的样子。

初心在自然山水之间，所以陶潜回归了南山。初心是"写"，如报人楷模赵超构先生，"一天不写，好像日子白过了"；或者，再不写就全忘了，写不出来了；还有，那些旅游的经历要赶紧记下来，以后老了有的看；只是想表达自己，实现人生价值。

写作的一部分是在外面完成

　　眼下的这个四月天，用乍暖还寒、阴晴不定来形容，再准确不过。一会儿放射出明媚的阳光，一会儿又阴暗一片。

　　晚上出去散步时，风很大，头发翻飞，风里热情的嗯哨声，如果你再不仔细听，这场春风就过去了；偶尔去山上看落日，夕阳隐没处，迎春花瓣闪闪发光，没有日久天长，如果你再不去看，它们就要落了。

　　作为现代人，我们总是与大自然相处太少。不经意地忽略了一个打开想象力的办法。尤其是写作者，设法跟植物、动物相处，经历风吹日晒，用眼睛去看，用耳朵去听，用身体去接触，才能留下深刻印迹，拥有独一无二的细节。

　　受天天的影响，这几天又重读了爱伦坡的《人群中的人》，惊叹的并非作家那侦探般的观察力和想象力，能从一个老人的脸上看出：谨慎、吝啬、贪婪、沉着、怨恨、凶残、得意、快乐、紧张、过分的恐惧、极度的绝望。而是他所营造出的那种身临其境的感觉。"我"一直跟随老人越过大道、横街、人声鼎沸的广场、偏僻的小街、热闹的商业区、无人行走的小巷、大剧院、城市的边缘、廉价酒店、最繁华的市中心。"他"游走在人群中，但思想和灵魂却半刻也没有与芸芸众生有所交集。

孤独如斯。今天，这种切肤的感觉还在，而这样的写作细节越来越少。

因为大多数写作者，从书本到书本，从书斋到书斋，从笔到纸再到电脑，形成了一种思维的循环，使得许多作品面目相似，缺乏想象力，使用的语言和表述的方法也大同小异。

想要与众不同，除了脑力，还要体力，付出汗水说不定是一条捷径。

日本作家村上春树在成为职业作家之后，从20世纪80年代初跑步至今，还写过一本《当我谈跑步时我谈些什么》，其中有一个细节：他参加100公里马拉松，"跑到75公里处，感觉似乎有什么东西倏地脱落了，除了'脱落'一词，我想不出还有什么好的表达，简直就像穿透了石壁一般，身体一下子钻了过去，来到另一面"。

没有身体力行，又如何会有这样入木三分的写作。写作的一部分是在外面完成的，而不是在屋子里。

要知道，无论怎样奇巧的拼凑和组合，也仍然不是创造，不是发现。思想是这样，写作也是这样。

至于跑步的感受，只有跑过步的人才更懂吧。

作为读者，仅仅从他人的文字寻找智慧，那很容易就会枯干。只有自己去亲自感受的，比如两脚踢踏之地、两手抓握之物，才是丰实的。

你的春天是什么样子？

"珍珠泉的海棠，趵突泉里的木香，黑虎泉的蔷薇，五龙潭的丁香，都幽幽地躲在水边或者假山的背后静静地绽放……"

你对花的好，花知道

有一阵子没去山上看花了，我冷落了它们，它们也冷落了我。

没有花在眼前，时时照拂，眼睛会失去光彩，日子也会黯淡和干巴许多。

世间的万事万物就是有这样奇妙的对应关系。

前几日收到晋人玄武寄来的《种花去》。毛边书，封面净白的底上一只小鸟立于枝头。书本身是件艺术品，于我这个外貌协会成员而言，算是得了额外的福利。

懂花的他说："花为何绽放？是为取悦人或者炫耀？都不是。它们疯狂地、前赴后继地、不管不顾地、不可遏止地怒放，只是强大生命力和自然力的体现。"为了这份强大生命力和自然力的体现，他"昨天剪枝干到半夜，手上胳膊上扎了几百小洞。今天不能干了，要等那些小窟窿长住以后才能继续挨扎"。

花当然为悦己者开。他种的花都闪闪发光，"一树雪白，目光灼灼。它的沉默有点像无声又齐声的呐喊：它多么谦逊，又何等骄傲，白的花串在苍黑的枝上密密排了开去，像行文过密过大，让人读得喘不上气来的长章"。

他对花的好，花知道。花对他的好，我们也感受得到。

文字也是一样。

前阵子，北大校长念错字被各种刷屏，长年和文字打交道的我们或许更有惺惺之感。作为编辑，最不希望的就是检出见报错，每每都会难受好几天。什么理由都是多余的，只是不够认真对待。

文字也是有生命和灵性的，你对它的好与不好，它也知道。

小到你叫错它的名字，尴尬总是难免；弄错它的样子，歧义是肯定的。长此以往，我们手中那个叫作"传统文化"的厚土便会一层一层地流失。

大到作文，只喜欢现成的语言，文字一开始就会给你一个虚假的微笑，即使到了成年也依然会文笔幼稚空洞。和成语相比，简单的字因为细小而更易于变化和把握，更易于被控制着去触及生活和精神的细部。只有看到和接近了文字真实、质朴的这一面，文字对于我们的爱，才会超出了我们对它的爱。

花香能让人静下来，好的文字进入大脑深处，也会获得一种无可取代的满足感。那种愉悦，有点像睡饱了之后的感觉。

文字和花一样，也需要空间来维持呼吸，而且需要以深呼吸来保证出击的速度和力量。任何一个写作者，在表达自己思想的时候，过多的说教只能削弱吸引力。节制欲望，才能控制欲望。

虽说"视频时代"文字变得越来越无足轻重，抓不住人的注意力。太多人只想要大脑皮层的肤浅快感，深度的灵魂愉悦已被打入冷宫。

但就像爱花者从来不乏同好。玄武说："看一株植物长芽、展叶、显蕾，蓓蕾慢慢长大，在一个清晨或者黄昏突然间鲜花怒放，那是一件无比美妙的事。"

爱文字者也必有同行。因为一些文字的记录，看清一些趋势，甚至改变自己，只忠实于事物的本身和内心的感受。因为一些文字的分享，终于理清生活的脉络，结识一群人，遇见更完整的自己。

关于女性写作

一次我参加了山东省作家协会组织的山东女作家创作研讨会，关于女性创作，大家基本上还是本着"男主外、女主内"这样一个思路。有的说，女性的性格比较细腻，善于观察人物和生活中的小细节。还有的说，女性比男性更重视自己的心情感受。她们在细微的日常生活中挖掘诗意，在对自我情绪的敏感表达中，营造一种细腻而多情的情调。

当然，这是好听的，还有难听的。认为女性写作多少有些脆弱的自恋和空洞的理想化，格局太小，缺少现代意识，大都是"白领才女酒足饭饱，情歌唱酣之余的产物"，无助于文学、文化和社会的发展。

如何看待女性写作，如同如何看待女人一样，很难有一个统一的结论。

英国女作家伍尔夫说过：一个人要想使她生动，必须同时诗意地和平凡地想。

一个实际生活里不会写字的女人同样会创造诗意，这样的诗意可能只是被观望的，她并未自觉，但是存在。

还有的诗意是自觉的，那些可再现的细节，其间掩藏的一种眼神、一抹笑意或者一颗泪珠，都会牵动起诗意，它们依赖着文字的确证与认知。

女人被诗意和平凡地想，也意味着女人需要诗意和平凡地活。"用不着慌，用不着发出光芒。除了自己以外用不着做任何别人。"伍尔夫告诫女人，不必端个架子装智慧，关键的是表达自己。"用平静而客观的思考，不怀胆怯和怨恨地进行创作。"

从伍尔夫生活的时代到如今，100多年过去了，女人对这个繁华世界的探寻与对内心安静的渴求依然强烈。说起来，这其间是一个无比丰厚的生命地带，尤其在城市。貌似被解放的女性，和100年前那些被禁锢的心灵比起来，是不是真的释放了天分，创造了更多理想作品呢？好像没那么乐观。

其实，伍尔夫有个观点很有意思：天才的作家都是半雌半雄的，若只是单单纯纯的男人或是女人就没救了，一个人一定得女人男性或是男人女性，在脑子里男女之间先合作然后创作才能完成。

这样说来就平静多了。女性作家不必太过执着于自己的性别。女人的写作成就和经验解放之间没有必然的联系，比如人类对孤独的体察就需要一点受虐的宗教情怀。

有些女性作家，比如伍尔夫："一个人能使自己成为自己，比什么都重要。"比如尤瑟纳尔："我之所以选择用第一人称去写，就是为了让自己尽可能地摆脱任何中间人，哪怕是我自己。"她们不仅关注个人生活情感，更加注重生活与时代的结合，更加注重时代这个大背景。

做赤子难

"七上八下"，熟悉这句谚语的人知道，这是一年中雨季来临的时候。

若不成灾，下雨天原本是惬意的，淅淅沥沥的雨点落下来，看它们在窗子上轻巧地滑过，心情也变得平和起来。

这时候做点什么好呢，看看书，喝喝茶，或者什么也不做，空白着思想，只是看雨。只要感觉在，就会找到阴冷背后的温暖，或者燥热之下的清凉。

现代人容易选择障碍，容易纠结。其实，换个角度就能发现，一切都可以是学习的过程。

填报志愿拿不定主意，反而看清楚自己更想要什么。找工作受到打击，就知道眼高于顶的苦楚。在感情的失落里挣扎时，可以重温被忽略的点滴。在网络上溜达时，观察一幅没有方向的忙碌画面。身处现实中，学习如何在进退里不忘初心。

看《走到人生边上》，揣摩杨绛先生一百岁时的感言：一个人经过不同程度的锻炼，就获得不同程度的修养、不同程度的效益。好比香料，捣得愈碎，磨得愈细，香得愈浓烈。

这锻炼就是学习，人的一生都是学习的过程。

司马迁从20多岁起开始漫游全国，考察史迹，采访史料，终于写出了著名的《史记》。而我们，行了多少路？

鲁迅曾说：只看一人的著作，结果是不大好的，你就得不到多方面的优点；必须如蜜蜂一样，采过许多花，这才能酿出蜜来，倘若叮在一处，所得就非常有限、枯燥了。而我们，又看了多少书？

行万里路，读万卷书。然而，对一个立志写作的人而言，"'读十篇不如做一篇。'盖常做则机关熟，题虽甚难，为之亦易；不常做，则理路生，题虽甚易，为之则难……"

写作就像努力在荒原上播撒种子，一定要种出点可看的风景出来。或者一花一草的简约，仅仅树上的几片绿叶，天空的云兴霞蔚。或者汪洋恣肆的浓墨重彩，花开遍地，泉水叮咚、让一切美丽的东西如甘霖降落，进入爱美的人心。

在写作中，可以遇见自己的、身边的、遥远的、别人的、见过的、听过的、太多的人生故事。

当看到这些可亲的、可爱的、可怜的、可悲的故事时，问问自己：轮到我，会怎样？仿佛一遍遍接受精神的沐浴，做赤子难，经历滚滚红尘之后仍是赤子，更难。但精神的自洁那么重要，纯洁的精神犹如夏日夜晚的凉风，风里裹挟着活跃的、跳动的因子。当它淋漓尽致地吹过，就算是满身大汗，也会渐渐散去，毕竟清爽的感觉是每个人都爱的。

您为什么写作

"您为什么写作?"

我对许多作者提出这个问题。只有一个作者回答前脱口而出,你太阴险了。有吗? 我只是好奇和职业病使然而已。

很自然,答案五花八门。因为兴趣;因为生存的需要;因为孤芳自赏;因为喜欢骂人,不骂不爽;还有因为名利,因为要获得社会的承认,要证明自己的存在;更有因为"我只会这个"。

思想境界似乎都不及白居易高,但我愿意相信这同样是真实的。写作的目标也许不够崇高和伟大,作为一种自我实现、一种生命的需要,这动力也足以支持创作。

"没有别的业余爱好,就是喜欢读几本闲书,书读了便与作者有了共鸣,往往不吐不快。写作对于我来说,就是说话,是聊天,当然,是用文字,而不是嘴巴发出的声音。读书与写作有着异曲同工之妙,它们让我感受到幸福和快乐。"

"我写作,不是为钱。现在的稿费养不活自己和家人。"

"我写作,不是为名,人最后都是黄土。"

"我写作,是因为以前我是个新闻人,感到新闻还不能充分表达我的思想,不能写出我对社会的解剖,对人民的情感,对土地的思考。于是,十二年前，我离开报社，开始了独立写作生涯。一篇篇小说和随笔、散文，包含的，是一个文化人对民众的同情与关爱，对体制的批判和透析，对历史的反思，对人性的解读。尽管微不足道，但一生坚持不懈。"

正在海上参加马航失联飞机搜救的白瑞雪则说："对于健忘如我的人来说，文字相当于结绳记事。用心或随意的几行笔画，就锁住了彼时彼地的坐标与光影，无比奇妙。如果我们终将老无所依，至少还有文字同自己一起开怀相忆生命过往。"

如果说，写作是一种艰苦的劳动，那它同时也是获得一些巨大喜悦的手段。

散文可谓情绪的流露和宣泄，而小说，虽然只是小小说，也是创造了看似不存在于真实世界中的东西，其实跟真实的世界又息息相关。尤其是语言，这一个词和那一个词，这一个句和那一个句，这一个主语和那一个谓语，轻轻连缀，便有转动万花筒的神奇效果。

网上看到一句诗，"你说你爱雨，但当细雨飘洒时你却撑开了伞"，若在《诗经》时代，应该是"子言慕雨，启伞避之"；若为《离骚》版，则是"君乐雨兮启伞枝"；也可以是七言绝句，"恋雨却怕绣衣湿"；七律压轴的话，是这样，"江南三月雨微茫，罗伞叠烟湿幽香"。

不知道这世界上是否还有第二种语言能像中文这样产生出如此极具美感的文字来。

当我们津津乐道于各种无厘头的网络时尚用语时，是否偶尔静下心来品味一下汉语带给我们的不一样的感动呢？

在QQ上和朋友聊，他也喜欢写作，说写作"是对自己的救赎。精神上痛苦时，有时文字可以缓解疏导情绪，把恶毒的东西给予适当压制"。文学作品的力量也足可称为伟大。我觉得，我下次的问题应该是"您为什么不写作？"

一个好的比喻

刚刚解冻的白浪河，

清清地，轻轻地向北流淌，

如同春风牵动的丝绳，

它把大海当成风筝了，

先飞起来的，

却是片蓝蓝的天空。

潍坊滨海开发区欢乐海滩。眺望缈远天空下的渤海湾，诗人孔德平轻轻吟出这几句，诗意便如清新的海风一样扑面而来。

滨海十年的发展也恰如一飞冲天的风筝，白浪河摩天轮、欢乐海沙滩、蓝色畅想雕塑、城市艺术中心，就是一笔一笔在这只风筝身上涂就的五光十色。

不愧是著名诗人孔孚之子，让我们不得不信，诗歌的基因一脉相承。孔孚先生的山水诗空灵纯净，语言上讲究极致，追求无鳞无爪的远龙境界。

比如，《大漠落日》：圆／寂

再比如，《春日远眺佛慧山》：佛头／青了

　　而孔德平老师对文字看似宽容，实则更加苛刻。佛头／青了后面原本还有两句：颅顶的智慧／长出芽来了吗？他说，删去后，想象空间更大。

　　"吹三千灵窍／善写狂草／似乎有些孩子气／摸一下佛头就跑"，他却认为"似乎有些孩子气"不应删去。给小孙女念《夏日青岛印象》，"青岛的风／玻璃似的／人游在街道上／像鱼"，小孙女提出，人游在街上就可以，不必街道，他认为极对。

　　字字计较，加加减减，只为了丰富、大有、至于"无限"。

　　登上世界最大的无轴摩天轮"渤海之眼"，才思也随之攀升，什么天"轮"之乐，时来运转，大家的打油诗一首接一首，且看孔德平老师不慌不忙：天看是天眼，地看是地眼，正睹新城美，日月轮流转。

　　看大海，让狭窄变得宽阔。孔老师说，这海水，它以前是咸的，因为有太多的眼泪，千百年的盐碱荒滩，老百姓日子苦啊，而今这里成了乐园，海水依然是咸的，那是因为有建设者的汗水在里面。

　　好的比喻，既是写实，也是象征。

　　像这句，"小溪不紧不慢爬过石板路，哼着曲儿滑入下面的潭，犹如娃的笑声从滑梯上滑落"。

　　一个好的比喻，你想不产生一种身临其境的感觉都难。

　　说到这，不能不提现代文学史上两位大师，一位是钱锺书，另一位是张爱玲，皆是意象高手。

　　《围城》里，形容饭菜不可口，"鱼像海军陆战队，已经登陆了好几天；肉像潜水艇士兵，会长期潜伏在水里"。形容不情愿的吻，"这吻的分量很轻，范围很小，只仿佛清朝官场端茶送客时把嘴唇抹一抹茶碗边，或者从前西洋法庭见证人宣誓时嘴唇碰一碰《圣经》，至多像那些信女们吻西藏活佛或罗马教皇的大脚趾，一种敬而远之的亲近"。

这种把本体、喻体的距离拉长的比喻，算是"长途运输"。

而不按常理出牌的张爱玲，从反向出发，喜欢"以实写虚"。18岁的她就在《天才梦》的结尾写道："生命是一袭华美的袍，爬满了虱子。"她就是要将人生的残缺与伤痛以及人性的亏与欠指给我们看。

"一种失败的预感，像丝袜上一道裂痕，阴凉地在腿肚子上悄悄地往上爬"，形容等人时的心情。

用更近更实的对象比喻很空很大的事物，取得陌生化的效果。

无论如何，在一个写作者的经验里，视觉、听觉、触觉、嗅觉、味觉可以彼此打动，眼、耳、舌、鼻、身各个领域可以不分界限。颜色会有温度，声音会有形象，冷暖会有重量，气味会有锋芒。

所以有人的文字是视觉型的，善于场面的描述和调度，而有人是听觉型的，文字情绪里的变化如同音乐，你的呢？

忽然想到一句，"风来花底鸟语香"。这个句子很不讲理，但是娇媚动人。

诗工厂

　　你发现了吗？其实"年终"更像一帧可以反复放大的照片，那些已经变成光斑和彩点的每一天，在手指的点击下，无限放大，又还原成清晰的画面，一次聚会，一首单曲循环的歌，一本书里的情节，一次上山的发现……以雾或影子为背景的光点瞬间化解为具体的形体味道和声音。

　　如果放大这一年所刊发的稿件，与其说我想和你分享接地气的生活，不如说，只是从中看到了我们自己的样子。

　　如今的地气，哪里只是土地山川所赋的灵气，这热腾腾的人间烟火气息里，集成电路、维生素、基因、精确制导、引力波、区块链等一大批奇怪的术语一拥而入；至于打桩机、高架桥、集装箱、摩天大楼这些工业社会的庞然大物，诗和散文可以承载得动它们吗？

　　我们的审美经验里，似乎只有"明月松间照，清泉石上流""七八个星天外，两三点雨山前""枯藤老树昏鸦，小桥流水人家"，青峰皓月、古道西风、渔舟唱晚、杂花生树，谁察觉不到这些意象的魅力呢？然而，如何才能赏心悦目地品鉴电瓶车、马达、洗衣机或者电磁灶、空调机、高压线的审美意味。如果不是以雄鹰或者豹子作为比拟，许多人也不知道如何形容飞机与汽车。

对朋友说，你觉得诗能够在工厂里生产吗？一个用白眼让我自己体会，另一个比较爱喝酒的居然明白我也同意我。

对呀，那宽深巨大的厂房里，那些叫人目瞪口呆的叫不出名字的机器仪器，那些身穿各种不同制服的工人，那结构严密的生产工序，那安排流畅的生产线，多么新奇有趣的空间，怎么可能没有诗？

也许那个翻白眼的朋友怕的是流水作业大量生产，但不要忘了诗除了可以被朗诵，也需要印刷流传。当一本诗集能够有中、英、法、德、意、西、日、印、韩等各种翻译版本，难道不是一件很美很诗意的事？

今年出差温州，参观了好几间工厂，惊叹之余暗想，谁来开一间诗工厂吧。把文字把词句把意象把比喻都拿来，自由地拼贴，严谨地剪裁，就看你有多敏感灵活地去设计你的思路和工序。你在制造诗，你在把铜、铁、锡、铝、木材、泥土、玻璃、塑料都拿来，挑好不同的颜色，拿捏各种形体，处理大小比例，调校不同材质的配合，着意最后的打磨修饰……最后，一件件千奇百怪的东西，它们都脱胎换骨成了优美的诗。

也许，另一种新型的审美经验已经开始萌芽。

古往今来，机器从未停止跨入社会生活的步伐。短短的几年时间，洗衣机、电饭煲、电风扇、空调机、电视机、电冰箱、电脑、打印机、手机以及汽车更是突如其来地联袂而至，机器与普通人从来没有如此接近。我们还能否像呈现一条山涧、一片大漠或者一棵树那样呈现各种机器？给我白眼的可能毫不犹豫地将机器甩给科学，文学或者美学怎么可能为冰冷的金属或者乏味的电子元件耗费笔墨？

但不能不承认，年轻一代对于机器的好感远远超出了他们的长辈。机器不但改变着传统的社会关系，同时也改变我们的感觉方式。虽然改变不了的，是你我都是这生活的一部分，是过去未来个人集体回忆的一部分，但能否"诗意地栖居"，还是要看我们自己。

把文字安排得妥妥当当

秋天还是秋天，只不过在每个人心情的滤镜下，它呈现出不同的色彩。

80年前，山西的佛光寺大殿前，林徽因仰起头，"从下边各个不同角度尽力辨识梁上的文字。经过这样的一番艰苦努力，她认出一些隐约的人名，还带有长长的唐朝官职。其中最重要的是最右边的那根梁上，当时依稀可辨的是：'女弟子宁公遇'"。

捐献建造这座大殿的，叫宁公遇，重新发现这座古建筑的，是林徽因。或许这两名女子前生有缘。

而上一周，读到一本余秀华的诗，其中一句：天亮了，被子还是冷的。和唐代上官婉儿的那句"露浓香被冷"，何其相像。

隔着一千多年时光的两位女性，一个在唐朝，一个在当代，却都用各自的诗，慨叹着被子的冷，长夜的寂寥。

她们的人生差异那么大，生活的时代也差别那么大，但她们都一样细腻，都一样有才华，都有着女人的敏感，对温暖和爱的渴望。

还有，只是一想到你，世界在明亮的光晕里倒退。（《今夜，我特别想你》）思君如满月，夜夜减清辉。（张九龄《赋得自君之出矣》）

我不知道你在哪里，但知道你在世上，我就很安心。（《这样就很

好》）别后唯所思，天涯共明月。（孟郊《古怨别》）

缘，果然妙不可言。无论是心与心之间的灵犀，还是语言和语言之间的传承。

此一时节，我看到，秋天的手指，米达斯国王那样轻轻一触，枫树、黄栌，便金黄的，火红的，在山野间漫延开来。

而你说，霜叶红于二月花，也好。无论哪一种表达，合情合景最好。

前一阵子追《那年花开月正圆》，其中有段表白和拒绝，那也是诗意满满。

吴小姐：这道青菜取名叫"青青子衿，悠悠我心，但为君故，沉吟至今"……这道汤也有名字，叫"溯洄从之，道阻且长，溯游从之，宛在水中央"。第三道菜我为之取名为"相濡以沫"。赵大人，你觉得我的菜做得怎么样？

赵大人：吴小姐的厨艺真是出神入化，在下食之于口感动于心，不过这盘青菜若是换成萝卜恐怕更为出色。这道汤历经火候却回归清淡本色，我以为改成"曾经沧海难为水"更为贴切，至于这鱼我记得庄子的原文是"相濡以沫不如相忘于江湖……不如两忘而化其道"，海阔天空何必执着盘中空间。

弹幕里纷纷表示："导演果然学中文的"，"表白和拒绝都这么意味深长"，"不读书恋爱都没法好好谈"。

"腹有诗书气自华"——诗词不仅在潜移默化中影响一个人的心性，或是温文尔雅、温润如玉，或是知书达理、充满灵气。写作之人通过反复琢磨，更是能体会到中国文字之妙，对文字形成敏感力。

虽然如今网络上太多教授如何炮制10万+爆款文的套路，什么标题决定打开率，内容决定转发率；什么用词的时候要多用动词、名词，少用形容词啦；什么需要设置燃点……然而，和真正的好文之间隔着的又何止一个文笔的距离。

流露在文章中真情可以在若干年后依旧震撼人心，而漂亮的文笔却可以让读者的思想在瞬间感喟到作品的华美。

想要把文字安排得妥妥当当，马雅可夫斯基说过，需要几万吨炸药的力量。

暗自思忖一下，我们离这几万吨还有多远？

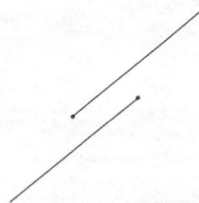

且
品
且
玩
味

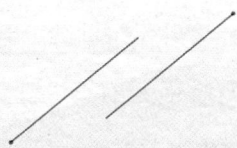

在"中间层"飞

天气渐凉，又一季叶子和树的分离……告别总是感伤的，哪堪一场又一场雨水淋漓，催人断肠。

还是读书吧，一剂多么好的解药，静心。

有神话故事里说，为了困住一个怪物，父子俩共同建了一座迷楼。这座迷楼设计得巧妙而又复杂，以至于怪物出不来了，就连父子俩也出不来了。

他们想了许多办法，都无济于事。最后，儿子说，除非我们飞出去，否则根本没有出路。在他飞出之前，父亲叮嘱道：不要飞得太高，否则会被太阳融化；也不要飞得太低，否则被海水淹没；在中间层飞最好。

可是儿子没有听进去，飞得太高，太阳光把黏连翅膀与身体的蜡融化，他最终坠海而亡。

故事是不是很有意思？不要飞得太高，也不要飞得太低，要在中间飞。这个父亲简直深谙中庸之道，妙极！

想想看，生活中又有多少这样的迷楼啊，比方说社会，比方说现实，比方说日常，甚至情感等等，我们常常也会产生被困其中的感受，各种无奈，各种迷茫，渴望解脱，渴望飞翔。

追随理想算是一种飞翔吧。理想的美好就不用说了，一个重要的原因：它是高于当下现实的，好像夜空中的明月，高高在上，美丽动人。由不得你不抬头仰望、羡慕、神往。

而且它总会带来希望，但是不能因为这个，而忽略了脚下。追随理想本身是好的，可是太过火，要么不食人间烟火，要么跌进欲望的漩涡。工作、房子、吃、孩子，什么才是好？什么才是不好？难有一个完美答案。好和不好常常在某种情况下会相互转换，看似矛盾，却又有割裂不了的联系。

还有追随艺术，多美啊，可有些人追得太疯狂了，歇斯底里地追随，不管不顾地追随，很夸张、很极端，可能为了艺术忘记了规则的存在，为了艺术触碰了某些底线，结果可想而知。

艺术来源于生活，而高于生活。它的确非常美丽，不但创作的人要在"中间层"飞，就是欣赏艺术的人，也要保持一定的距离，太远了、太近了都不能更好地欣赏。

当然还要说说文学。躲进小楼成一统，语不惊人死不休，也算是一种凌空蹈虚的飞翔吧。每写下一句对话，一个动作都会有概念急急忙忙跑出把抽象的含义强加之上。一切发现、感悟皆非生活经验而是来自书本。离人群远了，离社会远了，偶尔上街也如隔着玻璃鱼缸看新鲜。久而久之，深陷泥潭，再也难以抽身。

生活是活生生的，理想也是鲜艳明媚的，看得太透，带来阵阵悲伤；看得太糊涂，带来阵阵迷茫；只有时而清醒，时而迷糊，在其中，做一个真实的自己，做一个不极端、不过火的自己……平常心，多么亲切的词啊。书是长情的陪伴，多少经典等着我们去细细品读；除了秋风秋雨，秋天还有灿烂的秋阳等我们去晒，有什么理由浪费？

每一个大人都曾是孩子

在邱勋先生创作六十周年座谈会上，重温了先生早期作品，也是成名作《微山湖上》，1961年出版后引起轰动，如今半个多世纪过去了，再读，依然欲罢不能。

先炫一下小说的开头：

在我们亲爱的祖国，有一个微山湖。离湖四十里，有一个杏花庄。

庄里有个小男孩，名叫二牛。

这天早晨——一个普通的早晨，也是一个快活的早晨，天才蒙蒙亮，他就一个鲤鱼打挺，像个小冬瓜，骨碌碌从炕上蹦下来。

……

你知道，今天二牛要做一件了不起的大事情！一想起这件事，他就高兴得直想在地上连翻它九九八十一个跟斗！

他要到微山湖去放牛呢！

语言何其简洁，并非是因为写给孩子才如此。好的作品语言大抵清晰明了，绝不故弄玄虚。

而且，好的儿童文学作品也不只是写给儿童看的，更是写给成人看的。只是随着年龄和阅历的增长，读书的心境发生了改变。

小时候看童话，多留意故事情节，尤其引人眼目的是，那一草一木是活的，小猫小狗也会说话，多么神奇，人类与大自然和谐相处，动物们也同人类一样，有着喜怒哀乐的情感表达，在孩子眼中，这再正常不过，而大人世界里已没有这个了。

假如你对大人说："我看见了一所美丽的粉红色砖墙的小房子，窗上爬着天竺葵，屋顶上还有鸽子……"他们是想像不出这所房子的模样的。然而，要是对他们说："我看到一所值十万法郎的房子。"他们就会高呼："那多好看呀！"

童话成为孩子们的知音，更是安全岛，和大人世界隔离开来。

成为大人以后若还喜欢童话，兴奋点已不在故事情节，甚至也不在故事背后的寓意，而是作者的心境，体会到他们的孤单、无奈、悲凉，懂得他们的作品其实是写给那些与他们性情相通的大人看的。于是童话成为另一种知音和孤岛，和某种现实隔开。

好作品其实不用划分，有一些公认的优秀儿童文学作品，作者当初创作时并没有把它当成儿童文学来写。如都德的《最后一课》，鲁迅的《社戏》，恩德的《毛毛》——时间窃贼和一个小女孩的不可思议的故事……

好作品背后，总让我们看到安徒生童话《皇帝的新装》里的那个小男孩，看到一颗赤子之心。

怀有赤子之心的人，就是没有被异化的人。我们大部分人，长大以后进入社会都是渐渐被异化的，接受社会的各种暗示，并从而改变形状、表情和眼神，很难保持早先的纯粹状态或孩子时那些可爱率真的东西。一个人进入公司，或者进入任何一个群体，他就会被一点点暗示、侵蚀、打磨，或者一层层油彩敷上，群体会用各种方法让个体最终成为它的一部分。当然，大多数人也乐于适应这个过程，甚至很享受。

正如小王子里说，每一个大人都曾是孩子，只是他们忘记了。

如何保有一颗赤子之心？邱勋先生说过，有些作品虽然幼儿般牙牙学语，但仍然让人时时感觉到作者额上的皱纹和下巴上的一把胡须。这是矫情之作，缺少的是作家的真情。文学的生命是真诚。

或者也可以说，赤子之心的核心是真诚。

神秘总有一种非凡的魔力

真的有灵感这回事吗？有人说，它像一根火柴，可以点燃深藏在内心的所有和创造有关的储备；也有人说，它像一道光，刹那间照亮黑暗的海面。

凡写作之人，谁不为它倾倒或抓狂，相遇时的狂喜，迟迟不来的愁苦，千般滋味，万种风情，真是一段又爱又恨的纠葛。

太需要它了。因为一部好的作品，必是灵感之光笼罩的作品。

据说，托尔斯泰在写《安娜·卡列尼娜》时，也一直为作品的开头绞尽脑汁。偶然间阅读了普希金的一篇小说《宾客聚集别墅》的开头，由此触动了他的创作灵感。他立即提笔写出了《安娜·卡列尼娜》的开头，并且以这个开头为枢纽，写出了后面的故事。

而一部平庸的作品，必是缺少灵感的作品。敞开来说，不止写作、照相、写字、画画，甚至于读书、编辑，哪一样能置灵感不顾，如果只能硬写，如果只能按部就班地编，便会以咫尺天涯的距离表明，你可能入错行了。

又为它抓狂，因为灵感实在难以捉摸。有人在洗澡时瞥见它的身影，一眨眼踪迹全无；有人在睡梦中看见它降临人间，醍醐灌顶，急忙起身记录下那份喜悦和得意，第二天醒来再看又很平庸，假的灵感，更让人沮丧。

作家莫言曾坦言，初学写作时，为了寻找灵感，他曾经多次深夜出门，沿着河堤，迎着月光，一直往前走，一直到金鸡报晓时才回家。

灵感这东西确实存在，科学家给出定义，说它是长期积累和艰苦思考后的"灵光一现"，似佛家的"顿悟"，或者说是一种"唤醒"。不管哪种说法，请不要忽略那个前提，"长期积累和艰苦思考"，说白了，灵感等于耐烦。

没想到是这样一个结果吧？

更没想到的是，互联网带给我们的最大副作用就是不耐烦——信息唾手可得，雪片一样扑面而来，特别是各色八卦信息太过容易了吧。你无须想象，更不必殚精竭虑，想什么有什么，拼凑剪辑，一篇文章就好了。可是，这样的作品里能有多少灵感呢？

如同信息不是智慧，智慧不等于灵感，灵感亦无法捏造。人是不可能揪着自己的头发飞起来的。仓央嘉措的诗说得好：你见，或者不见我／我就在那里／不悲不喜，／你念，或者不念我／情就在那里／不来不去……寻找就是不寻找，等待就是不等待。当我们把全部的情感，观察与想象，把对生活不疲倦的热情投向对人生世相的追问和对生命诚实体察时，灵感才会不期而至。

俄国著名作曲家柴可夫斯基说："灵感是这样一位客人，他不拜访懒惰者。"

从这个意义上说，莫言那般，夜半三更到田野里去奔跑也是不错的方法。

不只是写，读者也需要灵感，在阅读中，读到的一个句子、一个片段、一个细节、一个人物，或者某种有启示意义的信息，都可能感受到灵感的突然降临。

神秘总有一种非凡的魔力，读写的过程，让我们有机会共享这种稀缺的美妙。

来一场停电断网会怎样

想象一下，突然停电了，是那种彻彻底底的停，好像法拉第从未发现电。

汽车电车当然不能开了。电饭煲手机闹钟之类，全部成了一堆废铁。当你好不容易砸开公司的玻璃电动大门，发现开不了电脑，只能干坐着，学校无课可上，机场大门紧闭。

这是电影《生存家族》中的场景。去看电影那天，偌大的影院里冷气十足，一共三个观众，其中一个还在睡觉。

是我们不关心停电，还是我们不相信有一天会停电。

有电以来，改变的不只是生活，甚至我们的身体结构和思维方式，也在潜移默化。有人说，现在的西红柿和二十年前相比，已经变成另外一种东西，我们也一样。

就说阅读。

曾几何时，沉浸在一本书或者一篇长文里面并不是多么难的事，总会被叙事打动，会被分析吸引，会花上几个小时漫步于铺陈宏大的散文。

如今这种情况已经很少发生了。注意力常常在两三页后就分散了，心情会变得烦躁不安，丢掉原先专注的线索，开始找其他的事来做。

以前很自然的深度阅读，现在变成一种艰苦卓绝的努力。

晚上散步遇到一位同事，兴致勃勃地告诉我，正在读马塞尔·普鲁斯特的《追忆似水年华》，并且说，前人留下的好东西，一定得认真看看。天哪，岂止是羡慕，瞬间膜拜，多少人已经失去了这种能力。即使一篇三四段以上的博客文章，都超出了吸收能力，只能一扫而过。

我们的专注和沉思正在被什么东西切成碎片。

同事无奈，明明知道交稿时间已到，可依然花太多的时间在网络上——闲逛、阅读八卦、写email、扫一眼新闻标题和刚更新的博客、看视频，或者，只是从一个链接跳到另一个链接，再跳到下一个。

很难集中注意力进行持续的写作。有什么东西一直在扰乱我们的大脑，改造我们的记忆，重构我们的神经系统。

这时候如果来一场停电断网会怎样？

电影里，暴风雨之后，儿子丢掉了自己从不离身的手机，"你真的不要了？"他笑笑，将手机壳剪破用来黏补破掉的轮胎。

生活回不到过去了，停电只是使惯性的节奏刹一下车，就像开头一家人站在阳台上，看向天空那无比灿烂的星空银河，不是它不存在，只是平时有电，城市的光亮太多，遮住了它的美好。

对于一个写作者来说，网络也曾是天赐之物。以前要在图书馆的书架上花费数天查找的资料，现在几分钟内就可以搞定了。

但是朋友告诉我，为了完成一本资料长编，每天携两个月饼去省图书馆，一坐就是一天，翻阅查找，记录整理。那应该别有一番味道吧。

在词语的海洋里深度潜泳，与坐摩托艇在水面快速滑行。哪一个更吸引你。

电影结尾火车过隧道时老人们机智地提前关了窗，年轻人们却被熏得灰头土脸，相视一看，哄堂大笑。

笑声里，有曾经不可一世的现代人的自嘲和尴尬，也有开心，毕竟他们找到了身份的归属。阅读和写作，最本真的东西又在哪里。

最上乘的是自言自语

朋友发来落叶的照片，我惊叹，今年的落叶似乎比哪一年的都要好看。颜色趋近于梵高的色调，明亮、纯粹、灿烂、饱满，不论红的、黄的、褐的，仿佛吸收和沉淀了太多阳光和泥土气息，也可能是气温、湿度刚刚好，又或者在上天的作坊里，对这一批手工作品特别用心，才成就如此完美。

然而落叶毕竟是落叶。我忍不住发过去一段话：

"这是怎么回事呢？"弗雷迪追问，"既然我们要飘落下去死掉，我们干吗生长在这里呢？"

丹尼尔实事求是："是为了享受太阳和月亮，是为了一起过那么长一段快乐时光，是为了把影子投给老人和孩子，是为了让秋天变得五彩缤纷，是为了看到四季。难道这些还不够吗？"

朋友回，太高深。

可这是个童话啊。一片叶子随着不断的成长明白了许多有关生命的道理，而教他东西的是另一片叶子，他们一起开心地活着，直至死亡。

朋友回，一本童话故事都没读过，并不认为这是童话，而是大人的梦话。

其实，有些童话就是写给大人看的。

《小王子》里，如果你对大人说："我看见了一所美丽的粉红色砖墙的小房子，窗上爬着天竺葵，屋顶上还有鸽子……"他们是想象不出这所房子的模样的。然而，要是对他们说："我看到一所值十万法郎的房子。"他们就会高呼："那多好看呀！"

也许我们被套路得太久，不但失去了想象力，还忽略了童话里的另一种真实。

去参加一个评奖，过程中评委们也说到真实的问题。

散文是最不能藏拙的，它不像诗歌陌生化的、个人化的、碎片化的意象使用，远胜美图秀秀。而一个人的修养、价值观、文字能力和思考能力，在散文叙述中，是很难藏起来的。

或者，一个人的修养有多高，他的散文就有多高。

我收到最多的是写亲情的散文。大部分人写的都是亲人去世之后的悼念，人生总结一般，只有好没有不好，千般思万般念，不能说不真，不能说不好，更不能说不对。但是，我的同事逄春阶，他写了一篇散文《坟上葵花开》，笔调沉重而悠长，回忆了他自8岁起，与继父三十年的感情。写继父用扁担挑着嫁妆不知走几十里，挣来赏钱一块。"那是七七年冬天。我终于有了第一本字典。"写到拿到大学录取通知书时，"继父嘴拙，只会说：'走吧，有多大本事就使多大本事。大不了，咱再回来。'"写"继父去世后，我后悔只知道老往家捎药，却没想到也该捎一瓶像茅台或五粮液这样的名酒……对于一个有着挣工资的儿子的人，竟然没喝一口上好名酒，这怎么能说得过去呢！"写有一次，"继父喝酒有点多，开始数落三弟，反正就那么几句话，来回絮叨。我当时也觉得烦躁，就对继父说：'你知道什么！'"这些看起来平常的琐事，却让我们看到作者的胆大，胆大到让我们看到更多的真实。

这几年看到很多散文，其实是模糊了小说和散文的边界的，但散文毕竟不是小说，需要提供真实的故事、真实的情感、真实的面目。

你爱自己的家乡，但还是逃离了家乡，并且不太可能再回去。这个爱是真的，大部分就写到了这个层面，但是，不爱也是真的。没有这部分的书写，就是不够真实的散文。

朱光潜说，散文可分为三等："最上乘的是自言自语，其次是向一个人说话，再次是向许多人说话。"

想想一个人自言自语的状态。真是需要勇气的，不雕饰自己的素材和经验，敢于面对内心的角角落落。你有勇气写出来吗？

一切都会款款而来

正月二月之交，是柳枝的线条上挂了细珠，带着隐隐的青色而"遥看近却无"的时候，风越来越暖，温和地吹在脸上，心里不由得生出盼望，要是这个天光能再明亮一点、透彻一点就好了。虽然离开花结果还有段时日，但春天自有不一样的收获。

朋友圈里，南方的朋友抱怨，我们这里去年年底下雨到现在，人都被雨下得抑郁了。我却兴致勃勃，那春天一定提前到了吧，这么充足的雨水，随风潜入夜，大概什么都会发芽。

花儿朵儿有知，不会理会我的一厢情愿。就算再喜欢春天，以为四季只有春天，夏是春的过剩，冬先行在春的前面，也只能当作是春的准备，至于秋天大可忽略不计。可季节不管这些，只会一个接一个来，春天，阳光也好、阴雨也罢，只要属于它们的时间到了，它们就上场了。

年轻时，读到"良辰美景奈何天"，真心感动，以为古人叹息一春的虚度，前车可鉴，到我们手里再不可放它空过。有了几岁年纪之后，心境渐渐平和，少了狂喜和焦灼，又常常被秋风、秋雨、秋色、秋光所吸引而融化在秋中。

许多种种，不用着急，一切都会款款而来。

路灯下，小男孩和父亲你一句、我一句地讲着什么故事。小男孩说，他被坏人抓走了。爸爸说，对啊，再也回不来了。小男孩：不，他一定能回来。爸爸：他死了，回不来了。小男孩：死了也能回来。

小男孩笃定的神情有如神明。孩子真的有一种神奇的魔力，我一直好奇，为什么孩子的画，无论人物还是动物，那眼睛都活灵活现，哪怕只是随意一画。连毕加索都说："我花了四年时间画得像拉斐尔一样，但用一生的时间，才能像孩子一样画画。"

有人把画家大致分为两类：一是聪明的，有画准的能力；二是笨的，有画不准的趣味。说前者大智若智，后者大智若愚，那孩子属于哪一种呢？

从日本带回几本日文原版书，朋友嘱我一定要在上面写段话，踌躇满志地写时，发现竟然不会写字了，拿笔的手觉得那样别扭，写出来的字也是惨不忍睹，真真辜负了汉字之美。

想起儿时舅舅教我写大字的情景，他用毛笔在红线垂直交叉的方格里写下"永""家""安人"几个字，说把这几个字练好了，其他字就好写了。我一笔一画描摹，心里念叨着不可抖，不可歪，这里要断，这里又不能断，最初的规矩大概都是写字中学到的。

后来写字越来越熟练，也越来越随意，以至钢笔字都龙蛇行迹了。再后来被打字取代，拿笔的姿势都变得陌生。

开始怀念那种感觉，从磨墨开始，磨掉急躁，磨掉杂念，饱蘸笔墨时，仿佛看到那死去的动物毫毛——复活过来，墨在宣纸上渗透，树木扎根一样向四方蔓延……

春天，一朵花绽放，一片叶子萌芽，万物都在重生，也是收获故事的季节。与文字打交道的人，必会陷入这种故事的采撷中难以自拔，只希望分享的你能如狄金森所说：我们并非在年复一年地变老，而是日复一日地焕然一新。

从鸟儿的角度看下来

几场雨之后，植物疯长，小区瞬时变了模样。

接骨木花低调优雅，精致的奶油色，一丛丛小花攒聚成伞状。没错，哈利·波特里的老魔杖就是用接骨木做成的。仿佛真的施了魔法，小区的几处角落被装点得有声有色。

蔷薇则生性热情，枝枝叶叶葳蕤婉约，花花朵朵热烈无比，已经从人家的小院开到了院外，一个个尽力伸展，昂着头，仰着脸儿，迎着阳光，热情奔放，无拘无束。

还有几棵高大不可一世的树木，一夜之间又长高了许多，抬头望去，晃动的树叶筛下光斑，看万花筒一样目眩神迷。曾执着于枝头的几片老叶已不知所踪，谜案一般，躲藏在焕然一新里，仅仅一个春天的距离。

树间有鸟鸣，从鸟儿的角度看下来，人和这些花草，甚至更低处的蚂蚁有何分别，在它们看来会不会一样渺小无趣。忙碌的工作和生活，辛苦而易逝，琐碎又宽阔。它可能通往许多方向，又好像只有一种方向。模糊中，有什么是不可放弃，被确定和保留下来的。

换一个角度，总能看到些不一样的东西。

喜欢旅行的人，不光看到世界，也从陌生人的角度看到自己。碰到外籍人士问路，第一反应是说不知道，是英语不好的不自信作祟呢，还是身在异地的天然防范心理；看到其他人对着山谷大喊，我也忍不住喊出声，在悠长的回音里惊诧，原来自己的声音是这样的；看过海狮表演，那样尽情卖力，场上掌声阵阵。可它们知道这是人工打造的空间吗？只要不知道有外边，活在自己的认知里，心安理得，惬意自信，也是一种生命的意义吧。

正是春茶下来时，对于喜欢牛饮的人，只有从慢下来的角度才能看到，有些茶叶乖乖沉入水底，像海底的水草，有些茶叶，仍在水中浮游，一边转动着好像舞蹈一样。细细品一口，温热从喉咙里流到身体，身体也温润起来，舌尖上徘徊着微涩的圆融，一点点刺激着味蕾，似乎满含了风雨草木的味道。

热爱写作的人，思考着感受到的一切，逐渐把书写现实慢慢转向内心世界的表达。

在上期女散文家沙龙中，同事逢春阶作了"想不开了就换个角度"的讲座，他有三段话和大家共勉：一是奥地利诗人里尔克的诗：有何胜利可言，挺住意味着一切；二是德国作家托马斯·曼所说：写完了，终于写完了，虽然它不是最好的，但我写完了，只要写完了，就是最好的；最后是他自己的话：神是有的。写长了，写多了，神就来了。所谓出神，所谓神来之笔，我坚信不疑。

还看到一个朋友为这次讲座留言：想不开了就不开了，长叶子，结果子，自选。

不单是我，相信整个小区的花花草草听到了都会为此点头致意。

最浪漫的词汇

记不清楚什么人说过，"夏季"和"中午"是世界上最美丽的词汇。

因为夏季是积极向上的，酷暑中，生灵万物浴火重生，孕育收获。这个火热的夏季，奥运风暴席卷，更是构筑出不可名状的激情与美好。在我看来，它更像一个巨大的谜语，牵动着无数渴望谜底的心。

在北京的妹妹三番五次打电话，一定要来北京看奥运哦，北京现在很漂亮。我说天气预报说开幕式这天可能有雨，百分之四十一的概率呢，她说，那也没什么不好啊，一点小雨恰恰可以为奥运平添一份诗情画意。

夏季亦是清凉怡人的，夕阳下、江河边、山林里，处处充盈着绿色的诗意。"芳菲歇去何须恨，夏木阴阴正可人"，"冰肌玉骨，自清凉无汗，水殿风来暗香满"……唐诗宋词如清风拂面，更带过一丝书香。

"夏读书，兴味长。荷花池畔风光好，芭蕉树下气候凉。"一直喜欢夏日里这样的一种读书境界：于树荫之下一手执书，一手摇扇，半躺于摇椅之上，任由思绪飘忽在散发着浓郁墨香味的字里行间，于是忘记了时间，炎热全无，只有心中的凉意。

每天生活在钢筋水泥丛林深处，心容易慵懒而躁动。无论是闲适的散文小品，还是经典的华彩片段，走近试探彼此缘分的深浅，"只要它来，我们或可不在乎早晚"。沉浸于"清凉"的文字，忘记时间。忽一抬头，却是繁星满天……由文字带来的清凉气息穿透力很强，足以浸透暑热难耐的躯体，更浸透烦躁不安的心。

昨天是农历七月七的乞巧节，表姐打来电话，烙花了吗？这是胶东过七夕的一种风俗，用花模子做出小兔小狗、牡丹荷花之类，在平底锅里烙熟，有一点淡淡的甜的面果非常好吃。表姐还说她今年"乞巧"之后又在葡萄架下听牛郎织女的悄悄话了，可她什么也没听到。哈，表姐实在太可爱了。

你看，"夏季"还是这个世界上最浪漫的词汇。

忆星球

朋友打来电话，听筒这边已是杏花开罢桃花开，一片姹紫嫣红，而听筒那边，他暮气沉沉的声音里还透着冬天的冷，我们相距不过几十公里。

他说，刚刚送走了岳母。他说，这是四年中他送走的第五位亲人，还有母亲、三个哥哥。

顿在那里，舌头打结，我找不到一句安慰的话，空气仿佛都凝固。

面对死亡，除了难过，还能怎样。死亡也是一种表情，可滑稽的表情惹人发笑，悲伤的表情让人落泪，死亡呢，那种没有表情的表情，只能让人无能为力。

三岁的天天曾经问我，姥爷去哪里了，怎么还不回来？我说，他去了"忆星球"，以后……我会去那儿，再以后你也会去那儿。可是，果然有这样一个"忆星球"吗？

一片树叶落下来。当你目睹它翻转着落下，会想到那是死亡吗？美国作家利奥·巴斯利亚笔下，有一片叫作弗雷迪的叶子，它和它的伙伴们生长在公园里一棵高大的树上。它们在春天的微风中跳舞，在夏日的雨水里冲凉，在秋天的萧瑟中灿烂，然后在冬雪中消融于泥土。短短的四季就是一生，死亡的意象凄美又自然。可是，活着的心还是那么疼，那么空洞，如何才能像一片叶子那样轻飘飘地落下。

著名作家刘玉堂反复提到过多年前看到的一幕：清明节的山上，一座坟头前蹲着三个中年男子，他们一起烧了纸钱，然后别过脸去，背对背地蹲在地上抽烟，沉默……玉堂老师猜测，这几个兄弟之间平时可能有点嫌隙，但过清明了，还得一起来给爹妈扫墓，不管走多远，不管怎么吵闹离间，血缘的纽带无法割断，清明让我们知道了自己从哪里来，又要往哪里去。

清明——这两个字多好。看那"清"字，青草一片，在水一旁，透露出春的气息。而那"明"字，因日月交相辉映，使人眼前一亮，黑暗和蒙昧告退了，大地被光明覆盖。

清明时节，是春气萌动热烈的时节，敬祖，寻根，怀念，惜春，它携着深邃，从遥远的过去一路走来……抬头看看我们的周围，那常常被我们忽略的：天空是巨大的宝石，无边无际的蓝。风一缕一缕地拂过发梢，仿佛一伸手就可以捉住。寂静的山里气氛热烈起来，红的、绿的、黄的，植物生长的讯号交织在一起，融雪后的小溪叮咚欢唱，土壤散发着微腥的气息……死亡，只不过是离它们更近了一些而已。

今晚的月色真美啊

这个夏天，网上层出不穷的跟帖运动中，有一场是最甜蜜的：

"来一起翻译I love you吧！"

原来，日本小说家夏目漱石在中学当英文老师期间，看到学生把"I love you"翻译成了"我爱你"，他摇头道："日本人是不会这样说的"。"那应该怎么译？"学生问道。他沉吟片刻："应该译成，今晚的月色真美啊！"

怎么样？夏目漱石先生的日本式"I love you"，很精准吧！

如果换成你，会怎么说？

你是我的，只是我的。——温柔而霸道。

不好好照顾自己，小心我揍你。——貌似有点暴力。

看着你幸福，我就幸福—— I love you＝I wish you，等待是真诚的，祝福是美好的。

为了你我可以去死……——这样的爱，岂止是满足。

也许爱这个字的分量太重了，不该轻易说出口，必要时，还必须有东方人特有的含蓄。

"何当共剪西窗烛，却话巴山夜雨时。"这是李商隐在巴蜀写给妻子的诗，不言思念，却只说：何时才能团聚，剪烛西窗下，彻夜长谈今天这一段令人愁肠寸断的生活呢?

再有唐代金昌绪的《春怨》:"打起黄莺儿,莫教枝上啼。啼时惊妾梦,不得到辽西。"

中国的爱情之美,在于含蓄。隽永的含蓄之美如陈年美酒,历久弥香。

然而,对于许多人来说,含蓄正变得遥远。各样的速配交友,简化乃至省却了爱情前奏、用技巧来省略情感体验的爱情,将过滤掉多少爱情的细枝末节?

爱情如此,作文似乎也如此。据载,《说文解字》的汉字有9000字。唐代有26000字。明代有33000字。《康熙字典》上有47000字。而如今常用汉字只有2700字。其中三百个字有50%~60%的利用率,用它来表达复杂细腻的情感远远不够,所以,就是想含蓄又如何含蓄得起来。

在浮躁的"快熟时代",如何慢下来,多一份闲心与闲情,体味"平平淡淡的生活也能有简简单单的幸福,而且绝对不缺少热情与乐趣"。慢下来,我们才不会真的错失什么,在"星光满天的月份",当我们抬起头,"漫天的星光就像明亮的雨点一样,向着你落下来"。最初的含蓄也许不经意间会被记忆提取。

所有的跟帖中,最含蓄最中国式的是哪个?"我要和你永远在一起!"在一起,看似简单无比的三个字,古往今来,多少人为了这三个字衣带渐宽,执子之手与子偕老,如果不能在一起,其他又从何谈起?

机器人来了！

几场雨的催促下，山上的花花朵朵们，心不甘情不愿却又似乎一夜之间，把舞台让位给绿叶了。

终于进入5月，终于——因为水星逆行，四月似乎是我最不顺利的一个月，当然，也可能只是给各种坏毛病集合爆发的一个借口。

"水逆"影响的不只我一个。上个月天天在休斯顿参加FRC总决赛，这个比赛的全称是国际中学生机器人挑战赛，因为组队的失利，他们队最终打了酱油。但当我半夜看他在bilibili兴奋地现场直播时，还是被震惊了一下：人数之多，场面之大，尖叫之此起彼伏，一个机器人赛，弄得跟真人赛一样一样。

说真的，一开始，我眼中还只是一个"箱子"，一个简易的"坦克"？或者一个"铲车"之类，但当他们灵活地捡球、投球，甚至爬杆，跟猴子似的，不知不觉间大脑频道转换，变成这个一定是女的，那个名字也太奇怪了，还有这个，看起来太"诡计多端"了……各种的自作多情。

这里面当然有一个文科生的"无知"，辛波丝卡有首诗对此有特别形象的描绘：我何其幸运，／因为我不是气象学家，／不用知道云彩如何形成或气流里有什么成分，／但我却可以用我的眼采集天边的流云，

／放在心里细品那份最抽象的唯美。

其实，无论文科生还是理科生，我们都无法回避，机器人来了，人工智能改变着这个世界。

不用说那些装配车间的工人被取代，也不用说无人驾驶汽车在硅谷101高速公路上穿梭，或是自己停靠到旧金山大街上，这些早已不足为奇。

因为机器人"大举入侵"，也许有一天，90%的记者都会失业！不是危言耸听，美国的Narrative Science公司结合大数据和人工智能，利用软件开发的模板、框架和算法，瞬间撰写出上百万篇报道，《福布斯》杂志都已经成为他们的客户。

还有机器人写作，原本只是科幻小说里的情节，说不定哪天就来到我们面前了。

作家韩少功在《当机器人成立作家协会》这篇文章里，甚至不无幽默地说，如果机器人成立作家协会，不会要吃要喝，不会江郎才尽，不会抑郁自杀、送礼跑奖，也免了不少文人相轻和门户相争。当真好处不算少。

然而，机器人，也就是人工智能必将对文学造成怎样的冲击和影响呢？

据说，眼下有些通俗文学的写手已经半机器化了，比如俗称"抄袭助手"的软件，可用来抄情节、抄台词、抄景物描写等。还有一些写诗的软件，可以用词库和语法库自动"创作"生成诗歌。

在日本的一个文学奖评比中，由人工智能创作的小说作品入围初审，评委的意见是"情节无破绽"。

可是，真正的作家到底不同于"文匠"，文学毕竟是人学，人性之难以捉摸，面对生活的千差万别和千变万化，机器如何能创造性地发现真善美。

还有想象力，并非简单的排列组合，在整个人类的历史中，它远比我们想象的还重要。

机器人来了！它在帮着这个世界转得更快时，也在逼问，文学的价值是什么，真善美的根基会不会动摇，最高意义上的文学，究竟在哪些核心的方面为一般写作所不及？

这不单是文科生的问题，也是理科生的。

大地里藏有太多秘密

其实，天气的好坏大多无关阴晴，只看心情。要不是接连的雨水，我哪里有机会目睹山上蜗牛集体出游的情景？

它们或者三三两两，边聊天边散步，或者全家同行，扶老携幼，那一对一对的，自然缠缠绵绵，正经围成一圈的，我妹说是在开部门例会呢。

这看似熟悉的山上，不知道还藏有多少秘密。

想起奥古斯丁的一句话："我的爱是我的重心或者说焦点，不管我被招往何处，都被她所牵引。"

对瑞雪而言，牵引她视线的当然是那浩瀚宇宙，她爱太空，感受中年创业的苦乐悲欢，公司的名字就叫"爱太空"，她的惊奇和敬畏在于：

"快40年了，人类飞得最远的航天器——'旅行者1号'探测器才抵达太阳系边缘。"

"我们这一代人不在了，我们的子孙无疑将更好地享受被航天改变的生活。"

和她一起仰望，那康德也在终生仰望的头顶上璀璨的星空里，到底还有多少秘密，等着我们去发现。

随着年纪的增长，想起年少时的某些傻问题，恍如隔世。是谁下了通知，所有的花会在某个清晨一起绽放？又是谁给出规定，所有的雪花都必须是六角形？

第一次见到新鲜的木耳是大学在陇县军训时，本来是趴在地上练瞄准呢，居然发现了木耳，卢海娟称它"开在杖子上的花朵"，而我觉得它真的更像是木头上长出的耳朵，那么神秘，那么敏感，那么柔软，那么透明，它总是会比我们先听到什么声音，它总是会比我们更多地知道些什么吧。

这小小木耳的菌丝，它是怎样从遥远未可知的地方被带来，它是怎样躲在某一角落里深深地睡眠，终于等到，最合适的温度、最合适的湿度，还有最合适的暗度，然后醒来。

大地里藏有太多秘密，每一个看似偶然的命运里，都流经着必然的河流，见缝插针，摸索进退。

魏新说，在泉城生活了二十载，常感受到泉水给人带来的幸福，着实难以更迭。

顺着泉水溯源，他不仅发现了泉水的秘密，也发现了这个城市的秘密。

"泉水发源之地，竟也是佛教在山东的发源之地，名泉汇集之处，也是佛教的兴盛之处，泉与佛之间，存在着冥冥的天意。"

这发现让他兴奋不已，半夜三点写完稿子仍毫无睡意。

这世上或许并不存在真正的隔膜，因为懂得，所以慈悲。懂得和经历越多，就越加相信，不仅地下的泉水是互通的，地上的思想，无论中西古今，亦有暗通。

而我，一个小小的编辑，乐此不疲于发现文字的秘密。

分享细节

今年雨水多，千佛山上的弥勒金佛比以往更加容光焕发，观音则内敛含蓄，道道似隐似现的雨痕留下人间岁月的印迹。

山叫千佛山，可行走其间的，都是红尘中的凡夫俗子，只不过粗糙的神经和世俗的趣味，同时也希望有纯净的眼神和深沉的想法，在这佛意弥漫的山上，在大佛的脚下静坐一会儿，去观音那里问候一声，一点一滴地浸润，内心是否也会变得通透起来。

我做报纸，也浏览网页，也用微信、微博、各种APP，越来越受不了所谓的软文，就是读着读着突然在最后甩出一条广告，文字再好，也像美食吃到最后才发现碗底有只苍蝇，多少人被弄成过敏体质。

更受不了的是微博里那些私信，几乎都是各种推心置腹后的各种广告的推送。

这种共享式的煽情每每让人抓狂，能够分享细节那才是一种真爱啊！

《红楼梦》里，有一段我非常喜欢，小丫头不会给宝玉戴斗笠，气得宝玉直骂蠢东西，黛玉站在炕沿上道："啰嗦什么，过来，我瞧瞧罢。"宝玉忙就近前来。黛玉用手整理，轻轻笼住束发冠，将笠沿掖在抹额之上，将那一颗核桃大的绛绒簪缨扶起，颤巍巍露于笠外。整理已毕，还端相了端相，方说道："好了，披上斗篷罢。"

这样的细节，只有宝黛之间，只能在宝黛之间；这样的细节，也是红迷与曹公之间的分享。

互联网时代，或者不管什么样的时代，文字若不消失，你愿意和写作者之间分享的又是什么？

有一本书叫《巴黎评论》，里面都是一些世界著名作家的访谈，比如卡佛、海明威、昆德拉、凯鲁亚克、马尔克斯、聂鲁达……采访的话题都是围绕着写作展开的。作家们自然而然地谈论各自的写作习惯、方法、困惑的时刻，说的直接一点，这些访谈说出了这些作家的写作秘诀，白纸黑字。

可是三十个作家，就像悬挂在墙上的三十几个钟，到底以哪个时间为准啊？

当然是弱水三千，只取一瓢饮。

别人怎么理解我不管，至少在我心里，文字本身是在传递思想、情感还是传播营销，之间有着清晰的界限，和写作技巧无关，和写作态度有关。

我想要和写作者分享细节。

这个时代偏偏快到我们无心捕捉到细节，也难以捕捉。仿佛站在路边，从眼里看到车，看到车流，最后快到什么也看不见，什么印象也没有，什么记忆也没有。

慢下来，才能得到更多。

闺密跟我说品茶，既然是件美好的事，那为什么不把它尽量延长了，增加幸福感啊。从摘那个下雨以前的嫩芽开始，凭借着怎样的缘分，千回百转到我们面前，然后用刚刚好的沸水，释放出那一片茶叶在阳光、雨水、土壤里面所得到的嗅觉跟味觉，闻茶香渐渐四溢，看茶色慢慢变化。这样的过程，好像在品味自己生命里面一个非常美好的记忆。

还有茶后认真清洗每一个杯子，用一滴柠檬汁去化开茶碱，水流冲过，杯子清新依旧。

我真的被她说的这个过程给催眠了。

如同那个有趣的古老寓言：一群盲人用手摸着一头大象，因为摸到的部位不同，答案自然不同，这似乎是一个悲哀的故事，但人间纷繁，任谁也只能摸出一部分真相而已。

文字的世界里同样有那么多不同的高度、不一样的视角，那么多的丰富和复杂，你所努力摸到的细节，不知又会打开一个怎样的链接。

多一点"习静"的功夫

冬日天短，上山看落日要赶早。

仿佛一整天光线的游戏全都集中在那会儿，天空的颜色每分每秒地变幻，湖蓝，加少许紫色，根据变化又加了白粉，然后，中黄少，赭石少，逐渐增加淡黄，我在心里挥着画笔默默涂抹，跟随着最好的老师。

夕阳总是尽量低调，透过没有叶子的树枝散落在山路上，在那树下的暗影中站一会儿，一会儿就好。那一刻，心里会生出安静。白昼喧哗带来的精神缺氧，总算缓解了。

看落日总会想起他。一天之内看44次落日是什么样的感觉？

他是住在小行星上的小王子，每一天，只需要将椅子移几步，就可以多看一次落日，有一天，他看了44次落日。

虽然他说："一个人忧伤的时候，就会去看落日。"但我猜想，那个时候，他的内心一定也是平静的。

然而世界总是喧闹的。我们无法逃到更深的山里去，也不能像小王子那样，我们的地球上，每天只可以看到一次落日。

唯一的办法是闹中取静。

女朋友爱上瑜伽，说每天于昏沉惘然之际，十分钟冥想可使头脑清明，也能在一呼一吸之间观照时间的流淌。

静是要经过锻炼的，古人叫作"习静"。冥想就是"习静"的一种方式。

静坐也是"习静"。作家汪曾祺先生家有一对旧沙发，有几十年了。他每天早上泡一杯茶，点一支烟，坐在沙发里，坐一个多小时。虽是犹然独坐，然而浮想联翩。一些故人往事、一些声音、一些颜色、一些语言、一些细节，会逐渐在他的眼前清晰起来，生动起来。这样连续坐几个早晨，想得成熟了，就能落笔写出一点东西。

而我喜欢的几个作家，梭罗、黑塞、比尔波特，都是"习静"功夫了得，他们的写作路数，或如汪曾祺所说："唯静，才能观照万物，对于人间生活充满盎然的兴致。"惟其心静，方能流深，才能关照和悲悯万物。

在村上春树的长跑随笔里他写道："希望一人独处的念头，始终不变地存于心中。所以一天跑一个小时，来确保只属于自己的沉默的时间，对我的精神健康来说，成了具有重要意义的功课。至少在跑步时不需要交谈，说话，只需眺望风光，凝视自己便可。这是任何东西都无法替代的宝贵时刻。"

而我的同事逄春阶，每次出差都会提前两三个小时到车站，他说难得有这一段时光，不用去想其他，可以安静下来读书，这是他的"习静"方式。

想象着他，在人流川息的车站，人来人往中，寻一角落，静静打开一本《加缪随笔》或《青春与感伤——创造社与主情文学文献史料辑》，世人皆嚷我独静，沉浸在字里行间，下了车就直奔采访地，实力被安静的底色衬托，是不是很酷？

中国人历来觉得"非淡泊无以明志，非宁静无以致远"，心浮气躁，终难成事。特别是这个年代，每天接触到的信息碎片，雪花一样扑面涌来，如果少一点"习静"的功夫，内心就会沦为廉价资讯垃圾场，就会随波逐流，就会无所适从。

　　幸好我们有秘笈——功夫的世界里，唯快不破；喧闹的世界里，习静而已。

"时间" 来帮我们翻译

一场大雪后，雾霾散去，空气清新了许多。这样的时候，应该读点这样的文字：

"我好奇地捡起一根竹竿，在冰凌上划了一下，哈，那声音有尖细有粗壮，有洪亮有低沉，美妙至极！"

"第二天……纸灯笼纸瓶子里的水就变成了各种形状的冰灯笼冰瓶子；第三天……拆开折纸，就是一只只可爱的冰蝴蝶、冰青蛙、冰小猪和冰小狗；第四天……它们全变成了彩色灯笼彩色瓶子和彩色动物……"（《冰琴》）

是，此刻窗外仍有一些雪的杰作的影子，那些美丽的树挂，像盛放的千树万树梨花，当初看到它们的诧异，久违的狂喜，终于觉出冬天的好。

雪后，我负责的连载刚好更换了新的内容。一篇是当代婚恋小说，节奏短平快，常常读得上气不接下气；一边是讲述古代权谋的小说，语言古里古气，读起来偶尔有些磕绊……明明都是汉语，却像彼此都在说外语。

不是吗？有时候看一篇文章，字全认识，却不懂到底写了什么，不知道作者究竟要表达什么，仿佛一脚踏进文字搭建的迷宫。

懂得，有时候要靠"时间"来帮我们翻译。

我的同事刘玉普写了大量新闻作品，却很少写散文，这次他写的《父爱，如一窖醇酒》，字里行间有爱、有悔、有悟，还有感动。

"我抓紧了较粗的枝条，向下一看，远远地看见父亲从东边过来了，脚步很急，但在他就要走到树下的时候，突然站下，不动了。我当时感觉，他并没看树，而是看着前面的什么东西。

我小心地离开树杈，顺着粗糙的树干，一点点出溜下来，站在地上，倚着树干。我看到父亲旁若无人地从我身边走过，像没看见我一样。"

他说："后来我年龄大了，也当了父亲，才理解父亲那天的举止。我想，父亲那天自然看见了我，之所以看见我不走了，是怕我慌乱之中从树上掉下来。"

在这篇文章面前，我们都还原成孩子。读懂文字首先要读懂心情，需要调整外在和心境，忘却和投入，才能得到文字的真味。

所有的文字在形成语句之前，都是摆放在货架上的原料，需要厨师买回去加以烹调，诀窍就在，某某少许，某某几克而已。才使得那么短短几行字，排列组合后，赢得多少人的心有戚戚焉。

语言不仅仅是表述思想的一种方式，也是认识自己的一种方式。有的时候生命的记忆是一张筛子，过滤了一些看上去无法被语言表述的片段，留下来的则是明显可见的所谓意义和事实。

读文字也是读人，在文字的内外，作者总是在的。从作者的观点比较自己的看法，或许可以激发更为独特的思考。读文字的本身，就是一种默默的交流。或许，我们从未真正放弃修建巴别塔，一直试图找到一种东西，它有形或无形，能直抵心灵。它躲藏在文字里，是为了得到别人的理解，它隐身在沉默里，却蕴含着更深的情感。

迫不及待

听说有种书叫"迫不及待"，这是一种限时阅读的书。它采用特殊的油墨印刷，出售时用真空袋包装，一旦拆封，油墨就开始跟空气发生微妙的化学反应，如果在限定的时间内，比如3个月内不把书读完，书上的字迹就会完全消失，变成一本空白的书。

在书的封底会有行字提示：如果你还没有看完，不是书的错，因为它已经等了你3个月。

3个月？若一本书20万字，每天只需要读2000字，慢读，也不过十几分钟。难道我们真的每天连十几分钟都抽不出来？我们真有那么忙吗？我们每天都在忙些什么？

不但书有阅读期限，食品有保质期，人也不会长生不老，想想看，人世间有哪一样东西不是在倒计时？莫言曾在一篇文章中提到：朋友的妻子去世后，朋友在收拾遗物时发现一条丝巾，这是他去国外时给妻子买的，妻子非常喜欢，总说要等到一个特别的时候才戴……可她一次也没戴过，朋友非常难受。

我妈也是这样，什么都要"稳"着，攒着，一套精美的餐具总也舍不得用，又说怕打了，又说要等到某个重要的时刻再用；好吃的东西也总是留着，一直留到坏了扔了。

其实，今天不就是特别的时候，还有哪一个时刻比此刻更重要，因为它过去了就再也不会回来。

一本书今天想着明天看，这个月想着下个月看，可是，万一遇到什么突发状况，或许就是永远都不能再看。

远方的亲人，总说等有时间了就去看，等做完了这单生意就去看，等完成了这项计划就去看……可是，子欲养而亲不在的悲剧总是一再上演。

什么都是有期限的，写作的人有更深的体会，因为灵感——稍纵即逝。

同事说，每次出去采访、旅行，或参加某个活动，当时真有不少想法，有很多触动，想着回去能写几篇不错的文章，可是一旦回来，这事那事的牵绊，或自己的稍加懈怠，灵感不翼而飞，终是什么也没写成。

捕捉灵感的方法当然有。我们的总编，每次出差间隙，只要灵感一来，就赶紧记下来，每天一段，回来后，稍加串连，一篇文章就新鲜出炉。

古人的方法就更多了。宋代陈师道每次出去游览，登山临水时，遇有创作冲动，便马上回家，关门闭户躺在床上，大被褥蒙头冥想苦思。而欧阳修的"余平生撰著，间或马上、枕上、厕上也"。更是不放过任何一个捕捉灵感的机会。

不只是写作，人生这样那样的事情，也都是被限时的。无论想看的书、想爱的人、想尝试的生活、想写的文章，不要指望未来，就今天开始；像那本"迫不及待"的书，若想不错过，不留遗憾，就从现在开始。

那些消失的词语

半个月不上网，出去旅行，只流连于山水之间，会发生什么呢？远离喧嚣的世界，内心一下子安静了许多。

因为不必在没完没了的更新间欲罢不能，更不必焦虑于大量刺眼的、触目惊心的信息的亦幻亦真。只是，再这样下去，会不会很快就OUT了？

曾经有一个故事，说欧洲有个犯人在第一次世界大战前夕被关进监狱，到二战他走出牢狱时，已看不懂报刊了。这个故事如果放到今天，可能算不上什么新闻，如今，一个人如果一段时间不上网，有些词语就听不懂了。

闺密们聚会，有人抛出"十动然拒"一词，大半人不明白，被强烈鄙视：怎么好意思说自己是媒体中人呢。然后附上解释：我十分感动，然后拒绝了他。

所以，那些想方设法偷看QQ聊天记录，想掌控孩子一举一动的妈妈们，即使让你看了，你真的能懂吗？

往往就在我们一个愣神的时候，一个新词就诞生了，眼花缭乱之际，只能感慨，"不是我不明白，这世界变化快"，没有谁可以随时掌握新词汇。

那些涌现的新词，犹如人体内细胞的新生。而那些消失的词语，对我们来说，则成为渐行渐远的回忆。

比如"村庄",记忆中的村庄和现实中的村庄早已不是一个概念,消失的并不只一个"尖沙咀村",每个人的故乡都在沦陷。

比如"方言",远离家乡的我们自觉或不自觉地改了口音,因为交流的需要,因为生活的需要。"一个语文老师,说不好普通话,这实在不应该。"(《方言这东西》)然而,有一天没有方言了,如果方言消失了,我们又拿什么怀念乡音?拿什么去拯救乡情呢?"一方水土养育了我,我怎么可能将那方水土不当回事?"

还有"诗意",这个词早已遍寻不着,或者在现实活中改头换面以至陌生,而事实上,它一直在生活的角角落落,有形或者无形,只是有的人看得见,有的人看不见。

如同禅宗上在一瞬间看见事物的本来面目,有时我们需要返回源头来审视人生和生命的意义。"人的心,到底是需要把一部分寄居在往昔的。"《背景》的作者以从容细腻的笔调娓娓道来,温暖又实在的往昔,当下日常的点滴,被铺陈得明白而悠远,与哲学与诗意相契相和,在广阔而深沉的生命背景下闪闪发光。

"诗意"还在,只要不时停下一直向前冲的脚步,倾听内心,检数这一路上到底丢失了什么。心底最敏锐的那一片柔软就会复苏,就能看见平凡日子里美丽的风景,触摸到生命里原本就有的诗意。

至于"碾子"为何物,现在的潮人有多少知道,更不知道那个时候推碾子的驴有多不堪,受多大的磨难也不叫唤。若你不明白,为什么"石磨坊里套了遮眼布的犟驴,老老实实一圈一圈地遛着"。你就不会懂得《城市稻草人》中的"犟驴"反而是听话的象征。

也许用尽全力,最终还是无法挽留有些词语的消失,但我们能在内心深处,找到那个曾经安放过温暖情感的角落,一遍遍触摸那些发黄的文字。

她的美仿佛一切道理

拉住任何一个成年女人，问她：给我列举一下你心目中的顶级美女的名字好吗？

第一个名字，大概百分之九十九是奥黛丽·赫本。

她那双澄澈如水的眼睛，会让人瞬间屏息，尤其是在这样一个崇拜颜值的年代，她的美仿佛一切道理。

说实话，看脸没什么不好，好美色证明我们身心健康。只是有时候连我们自己可能都忽略了，除了好美色之外，我们也自觉不自觉地好着美色背后的其他什么。

历史上，对于美女，总有人愿意把她们和祸水相连，然而，如赫本者，却好像完全是绿色无公害的一类，这源于她们的美貌背后还有其他什么。

作为联合国亲善大使，赫本一次又一次地深入非洲贫乱地区，与那里的孩子交流，抚慰他们的叠叠创伤。

一本关于她的传记中记录着——一次非洲扶贫访问时，走在人群中的她虽然一身素衣，但她散发出的那种恬静、温暖、慈爱的母性气息很快吸引住了一名孤苦伶仃的小女孩，只见她立刻向赫本跑过去，紧紧将其抱住……

　　为了不干扰赫本与女孩，摄影师甚至放弃了拍下这张感人至深并绝对可以出名的照片的机会。

　　此时的赫本脸上已爬满皱纹，美貌总会随着时间的流逝而褪色而消失，美德却不会。是美貌背后的美德，成就了赫本的完美。

　　在她弥留之际，她的大儿子肖恩问她是否有话要说，她的回答是："没有，我没有遗憾，……我只是不明白，为什么有那么多儿童在经受痛苦。"

　　孔子说过，吾未见好德如好色者也。这就是所谓"饮食男女"，但一个君子毕生追求的应是高尚的品德而非美色。

　　德国哲学家康德也说过，在这个世界上，有两样东西值得我们仰望终生：一是头顶璀璨的星空，二是心中高尚的道德律。

　　前段时间因车祸去世的天才数学家约翰·纳什，他二十几岁时就做出惊人的数学发现，在经济学博弈论中享有国际声誉，但因罹患妄想型精神分裂症，在天才与狂乱中历经痛苦。最终，因爱的力量与过人的智慧和勇气，使自己不至于沉入深渊。

　　电影《美丽心灵》，改编自约翰·纳什的真实故事，曾获四项奥斯卡大奖，它让这位大师走入了我们这些寻常人的视野。

　　我们可以不懂博弈论，但我们依然崇拜大脑袋，崇拜大脑袋背后的智慧。

　　我们也不清楚纳什均衡是什么，但我们依然被他与病魔抗争的勇气深深打动。

　　《美丽心灵》的主演、著名演员罗素·克罗在个人博客上对纳什夫妇意外去世表示震惊。

　　"美丽的头脑，美丽的心。"他写道。

　　人，都追求美丽的事物！不论美食、美色、美文、美德、美……智慧当然也美。

上初中的时候，老师有没有说过：人要有一双发现美的眼睛。

信息资源大大丰富的今天，任何你渴望了解的知识都能被搜索到。即使这样，你仍然愿意主动去发现一些新奇事物，把头埋下来读一本书，通过另一个人的大脑去更好地理解你身处的世界。

即使知道自己太忙碌，你仍然愿意静下心来好好看几篇文章，从别人的沉淀里汲取一些力量和养分。

唯有如此，我们离美越来越近。

慢下来，静待花开

冬日若以甜美来形容，那一定要有阳光，尤其是连续几天雾霾之后，金色的阳光从云缝里钻出来，世界一下子变得闪闪发亮。就连灰色的阴影都变得可爱起来，更别说其他的一切一切。

这样的日子里谈论什么都好，就是不要谈论很着急的事。

而我的朋友正为孩子的事着急。她说，孩子太慢了，每天都要催他，"快点吃饭""快点做作业""快点弹琴""快点睡觉"，甚至"快点玩"。催得孩子不开心，自己也快得焦虑症了。

孩子被我们催，我们又被谁催？"快点啊，快点啊，不然就来不及了！"

那种父母们"慢慢走，小心跌跤""慢慢吃，小心噎着"的口头禅听不见了；那种木心诗里"从前的日色变得慢／车，马，邮件都慢"的情景也不见了。还没来得及仔细端详眼前事物，便又调转方向迫不及待地去寻觅新的热点。我们总是怕自己见的太少，怕自己尝试的不多，怕自己落在后面，可是又落在谁的后面呢？

每个孩子都是一朵花，只是开放的时间不同。当人家的花在春天开放时，不要着急，也许你家的花是夏天开；如果到了秋天还没有开，也不要抓狂，说不定你家的是蜡梅，开得更加动人——真正的园丁是不会在意花开的时间，他知道每种花都有自己的特点。

如果你家的花到了冬天还没有开放，那祝贺你，说不定它是一棵铁树呢！

铁树开花可是人间奇观，一株幼苗，从栽培到开花需要十几年到几十年，而花期长达一个月以上。铁树不轻易开花，一旦开花就惊艳四方，炫丽无比。

然而，有多少铁树等不到开花，便被心急者抛弃，每一天都在快当中度过，匆匆之间，我们得到什么又失去什么，约翰·列侬说："当我们正在为生活疲于奔命的时候，生活已经离我们而去。"

曾几何时，写张明信片还要在纸上草拟一遍，然后再仔细誊抄在精挑细选的卡片上，不管字写得好看不好看，但是用心的布局，字斟句酌的祝福，没有涂改的污渍，总是包含着对对方的一份敬重，或者一份在乎。

现在有了微信，仿佛一切都变得简单而快捷，可总有什么也在简单快捷的同时变了味道？手写的文字变为了屏幕上简单的符号，只是表达信息，而无法寄托着"日日思君不见君"的期盼。只有空间与时间合二为一的久远，才能让文字发酵，继而再次读到时，才能够感受到饱含的深情。

写文章更是如此，落笔前经过长时间的"打腹稿"，深思熟虑构思妥当后动笔；落笔时斟酌再三，仔细推敲每个字、每个标点符号。写完之后，总会修修补补，精雕细琢一番，怎么可能一个"快"字了得，或许读的人不曾感受到，但是自己知道。

慢一些总是美好，车慢一点，停下来等等红灯，你能看到每个路口的风景；队伍慢一点，与陌生人攀谈，你有机会邂逅意外的际遇；饭慢一点，多一道烹饪工序，你会尝到垂涎欲滴的大餐。

遭遇甜美的冬日，我们更要慢下来，享受这一刻好天气，哪怕下一刻就要投入忙碌的战斗，这一刻，慢下来，静待花开。

制造心流

"没有比刚刚度过假的人更需要假期的了。"

这是英国作家埃尔伯特的一句名言，因为"姿势"不对，越休越累。

若你的"姿势"是这样的——补觉、刷电影或电视剧、宅家里玩游戏，或者是这样的——急行军式旅行、胡吃海喝、去KTV、酒吧等嗨到三更半夜，难免疲倦、空虚、焦虑……"休个假，比上班还累！"

不会休息，是因为我们不懂"心流"。这是心理学家米哈里创立的概念。只有当心流发生时，我们完全陶醉于正在做的事情，忘记了时间的流逝，才会获得很大的放松度和满足感。

应该像张岱的闲文《湖心亭看雪》的画面："崇祯五年十二月，余住西湖。大雪三日，湖中人鸟声俱绝。是日更定矣，余拏一小舟，拥毳衣炉火，独往湖心亭看雪。雾凇沆砀，天与云与山与水，上下一白……"

"亲近大自然所获得的快乐"被展现得淋漓尽致。

英国BBC做过一项研究，你觉得最好的休息方式是什么？排名第一的是：亲近大自然。

米哈里也说过：亲近大自然，能产生高心流。但这个亲近，是深入的亲近。

比如——花一点时间等一朵花开，看一片初春的嫩芽绽绿，听一夜雨打窗棂声，驱车去山里，静静地看星星……

或如《剪段时光缩花儿戴》中那样看月色，"我将它放在梅花的骨朵与枝桠间看；放在纤细的垂柳枝条间看；放在疏朗的竹叶间看；放在塔松黑压压的鬓角看；放在六角亭的翘角尖看；放在鸟窝孤单的清影边看。"

苏轼说："惟江上之清风，与山间之明月，耳得之而为声，目遇之而成色，取之无禁，用之不竭，是造物者之无尽藏也，而吾与子之所共适。"

他还在《记承天寺夜游》中写道："元丰六年十月十二日夜，解衣欲睡，月色入户，欣然起行。念无与为乐者，遂至承天寺寻张怀民。怀民亦未寝，相与步于中庭。庭下如积水空明，水中藻荇交横，盖竹柏影也。何夜无月？何处无竹柏？但少闲人如吾两人者耳。"

闲情逸致真是让人神往啊！

可是，"哪个夜晚没有月光？哪个地方没有竹柏呢？只是缺少像我们两个这样的闲人罢了"。

这个"闲人"里，有没有我们？

我们也曾为了捉一只蝴蝶，而跑了两公里的稻田。为了一支冰淇淋，而问遍了大街小巷的商店。为了一个喜欢的人，而倾尽所有飞往一个陌生城市。

或者"曾于某个明媚的春日，与伙伴们悄悄潜入颤巍巍的老村落里，在颓壁残垣间寻觅时光的脚印，将一顿简单的午餐带到艾山南坡的野花青草间进行"。

人活着的意义在于享受生活。

懂得制造心流，才不会成为生活的奴隶。除了亲近大自然，米哈里还罗列出很多方法，比如运动，或一个小小的爱好，当然还有阅读。

读到济南的黄河，想一想自己去黄河的经历；读到"杠腿"，记忆中的乡邻友人好像也围坐在一起寒暄。阅读，就是在和一个一个人把手交谈，把他们的知识变成自己的见识，把他们的经历变成自己的经验。

阅读非常容易产生高心流，要不要试一下。

玩乐亦有时

心静的时候，可以听得到昆虫的声音，已经有蝉在唱歌了，唱出了盛夏暑热的感觉。

心静自然凉？真正的清凉，像源源不绝的生命喜悦，可以习习生于内心。

盼望有这样一片地方，抬头看见日出，低首沐浴夕阳，如同古人的心境，耳畔倦鸟归巢，心间常闻花香，欣欣然归乡，便进入平和幸福的境界。

可是，数字化的现代生活里，到哪儿去找？

真心羡慕这位叫谭登坤的作者。

羡慕他有一小块土地，就像他的手心，就像他贴身的小棉袄……可以"时不时地放下手中的活儿，过来看看，然后，才有兴致去大田里耗尽他的力气"。

羡慕他那片只有巴掌大的菜地里，那些小东西啊，"吃饱喝足了，就憨憨地长吧，长得像气吹的似的，长得水嫩葱绿的"。有时候，他坐在田垄上，看着它们，一看就是半天。"看得每一根葱管真的就成了宝剑，看得每一片芫荽的叶子真的就成了窗花儿。一会儿是车辚辚，马啸啸，无边的佩剑的队伍；一会儿是笙箫细吹，红红的盖头，送亲的花轿。"

回望自身，却仿佛离自然越来越远，离精神越来越远了。

谁愿意和我一起盘点一下，这一天的业余时间是如何填补的？

看微博发微博a分钟，微信圈里转发点赞发评论b分钟，看电视c分钟，玩游戏刷iPad d分钟，网上各种浏览e分钟，打电话f分钟，QQ聊天g分钟……这些abcdefg加起来，就是时间都去哪儿了。

我们从小就被教育，时间就是金钱。若以金钱论，世人贫富自现，若以时间论，我们却几乎都是穷人。我们用时间换金钱，又用金钱换时间，在这样的无限循环里，恍惚着，搞不清是我们在虚拟的世界游走，还是我们已成为虚拟世界里豢养的宠物。

前一阵微信圈里疯转一条古人的"娱乐方式"：

高卧、静坐、尝酒、试茶、阅书、临帖、对画、诵经、咏歌、鼓琴、焚香、莳花、候月、听雨、望云、瞻星、负暄、赏雪、看鸟、观鱼、漱泉、濯足、倚竹、抚松、远眺、俯瞰、散步、荡舟、游山、玩水、访古、寻幽、消寒、避暑、随缘、忘愁、为善……

只在这每一个词上略作停顿，脑补一下，就可以成就一场小小的穿越，那是一个生有时，死亦有时，工作有时，玩乐亦有时的年代。

而今天的我们，只好安慰自己，只要心静，无处不田园，纸间岁月，字里春秋，静观所得。只好对自己说，自然和艺术虽然适合安顿灵魂，但真正的安宁还在自己。不说不写，也可以审美化地生活。就如同行走山里，得见一尊古佛般的老树，不知何因突然心有所动，细细地想一番，便就是了。

一场真正的足球比赛，不到最后一秒，都难说大局已定。每一秒都是有效时间，人生也一样。怎样利用这有限的时间——忙，也要忙得其所？

要不这样，放下手机，陪爱的人分享一场球赛，和往日的朋友来一场不醉不归，或者，就从亲近一下身边的土地开始。

春天是每个人的

"酿花天气，早酿得，春醅如酒。"

酒桌上，我的同事逢春阶有一个著名的祝酒词，据说来自他的老师：祝在座的各位身体健康，家庭幸福，工作顺利，事业有成。听来寻常，但他会在每次祝完后郑重强调，顺序一定不能乱。细一琢磨，内涵丰富，他是按重要程度排列，提醒我们人生中若乱了顺序，南辕北辙，得不偿失。

这样的时候，酒只是引子，引得几个相投的朋友聚在一起海阔天空。

前一阵，给赵鹤翔老师饯行。

赵老师曾任《大众日报》文艺副刊编辑，是我名副其实的前辈。"丰收"副刊的名字就是他起的。

赵老师回忆说，他是20世纪50年代中期进入报社的，当时《大众日报》的副刊名字叫"文艺"，主要发表小说和散文，文学性比较强，但作为报纸的副刊却不够鲜活生动，与现实生活的联系不够紧密，编委会决定改版，筹办新的副刊。

一张省级大报必然要有自己的综合性文化副刊。但"文艺"这刊名太实，出了几期临时命名的"文化生活"，亦显直白不雅。用赵老师的话说，就像在向别人介绍我的丈母娘是女的一样。

当时的齐鲁大地，由医治战争创伤到恢复和发展生产。在广袤的山左海右，呈现出一派盎然生机。由此，赵老师想到了文学艺术、文化事业必然在新的岁月里百花竞荣。于是"丰收"像是十月怀胎的婴儿出生了。

"丰收"看似白俗，却内雅，它好像被注进了山东人厚重质朴的人文气质，蕴含多重意味。匆匆已过一甲子，仍风华灼灼。

一如赵老师，86岁高龄了，穿着板正合体的大衣，戴帽子，围围巾，斯文风度，说起话妙语连珠，还喝白酒，一饮而尽，有一种年轻人都比不上的豪气。

问起他的养生秘诀，赵老师说一个是心态，心态一定要向好。日本人有个试验，就是对两杯水，分别发送不同的意念，发送好的意念，结出的冰花是美丽的，但是发送不好意念，结出的冰花就不是美丽的。要学影星赫本，有人问她的养生秘诀，她说，我爱看花朵。也就是她爱看美好的东西，她就变得美好了。第二是要学会感恩，不要说别人的坏话，说别人的坏话，就相当于在脚底下掘土，掘土是在埋葬自己。

赵老师是老副刊人，对副刊有着深厚的感情，称副刊就像交响乐里面的音乐，叮嘱我要找到自己的位置，不是弹钢琴，钢琴是时政新闻部的事儿，要发掘人文的、审美的、生活中美好的东西，那是新闻版所无法替代的。浸润在美当中，用美影响人。

从他们手中接过这沉甸甸的接力棒，肃然生敬，上面有一代代副刊人付出的汗水和心血，有期许，更多责任。

其实赵老师更像一位诗人，他老让我想起北宋的欧阳修，爱花成"痴"，在官衙四周也种满花木。"我欲四时携酒去，莫教一日不花开。"一边喝酒，一边看花，一边处理公文，今天的我们能想象吗？生活中虽饱受苦难，依然爱春天，爱花。"直须看尽洛城花，始共春风容易别。"

是啊，生了白发又怎样，老之将至又怎样，春天是每个人的。

赵老师率真表白，我真心爱你们啊，年轻太好了，一定要好好珍惜每一天。

春日又花开，只等看花人。你未看花时，花与汝心同归于寂；你来看花时，则花颜色一时明白起来。

只要有人记得

这是神仙才会有的结尾吧。

5月28日晚，山东著名作家刘玉堂在睡梦中安然离世。

只有传说中的神仙才可以这样毫无征兆地突然消失，徒留我们这些凡人站在原地，目瞪口呆，难以置信。

在他辞世前的几个小时——上午，和老家来人商谈文学馆筹建情况，并捐赠了首批图书。中午，或许是为了庆祝一下，约几个朋友一起小聚。席间，他建议家乡的领导，等文学馆建成了，一定要多搞活动，千万不要让它变成摆设。还对几个他眼中的"小朋友"说，你们都要去讲课；嘱咐山东工艺美术学院的焦教授为文学馆刻一方印；要济南出版社的戴总给他留200套即将出版的新书送人，费用从版税里扣；对农村大众的刘秀平说，你们不是在搞征文吗，我写了一篇《火车开进沂蒙山》，就差个结尾了……

一切如常。他满头白发，如雪如银，声音洪亮，谈笑风生。临走，和我们挥手，像往常一样殷殷叮嘱："大家都要好好的啊！"

……竟是永远。

听他的儿子春雨说，下午他还在收拾打包要捐的书，他要把自己多年收藏的书都捐给文学馆，"只要需要，有多少都不嫌多"。

大概春雨是最懂父亲的，面对大家的惊愕和痛惜，他反而忍住悲伤，安慰我们，他太累了，也是想歇歇了。

那天中午，玉堂老师还请大家吃了一盘家乡的桑葚。农村大众的刘秀平说，桑葚谐音"伤甚"，是否玉堂老师在提前暗示我们不要太伤心？

我妈和玉堂老师同岁，她听后说，这样的岁数可惜了，不过自己没遭一点罪，也没给别人添麻烦，清清爽爽地走，不是谁想修就能修得来的。

更何况，死亡不是永别，忘记才是。

《火车开进沂蒙山》已在农村大众刊出，这是玉堂老师的绝笔，也是绝唱。编者注，这是一篇没有结尾的文章，玉堂先生不可能为其酝酿结尾了。感兴趣的读者朋友可以将其续下来，也算是玉堂先生最后为大家上的一节写作课吧！

一周后，济南出版社推出玉堂老师的中国当代乡土小说文库五册，有《乡村诗人》《乡村情结》《本乡本土》《八里洼纪事》《山里山外》。

在淄博沂源龙子峪村规划建设的"刘玉堂文学馆"，由刘玉堂工作室、玉堂书屋、刘玉堂文学馆三部分组成。目前文学馆已经基本完成内装，即将进入布展阶段，预计今年10月1日前对外开放。

文化学者张期鹏正在编写《刘玉堂文学年谱》，把时间定格在那令人悲伤的一天。

而我犹记得初做副刊时，他传授给我经验：只认稿子不认人，零距离地拥抱文学，有距离地面对文坛。

每一次相聚，因为是著名作家而被人一脸景仰时，他只是淡淡地说，一个人一辈子只做一件事，总是会做得好一点，聪明人干十件事，总不如笨蛋干一件事干得漂亮。

　　还有他对编辑手记不遗余力地鼓励，说第一喜欢20世纪80～90年代周介人先生为《上海文学》写的编者的话。"既是对创作与作品的评点与指点，还是极具个性化、感性化的文字。"第二喜欢我写的编辑手记，因为与"第一喜欢"有异曲同工之妙。"同工"的是，都能导读与导写。"异曲"的则是后者更感性而不是理性、随意，而不是故意。

　　……这些温暖的话语仍在耳边。

　　只要有人记得，就不会是真的离开。

冥冥中，一切有时

你是哪里人？

山东，威海。

其实，这是妈妈的老家。我这么说，只是为了省事，或者就是想和别人一样。

不像大学刚毕业那会儿，每当别人问我这个问题，都在心里纠结一下，认真回答："我出生在新疆，父亲是广西人，母亲是山东人，在西安读的大学，毕业之后到山东工作生活。"

我究竟算是哪里人，我也说不清。

爸爸的广西，印象来自他的回忆一次次拼缀而成。美丽的鱼峰山公园，山上拴着铁索链的台阶，陡得只能看见前面人的脚；大街上二分钱一串的"萝卜酸"，听得人口水津津；当然最多的还是柳江边钓鱼，那么长那么大的鱼，父亲一次比一次比划得大，满脸的兴奋。

妈妈的威海，老家就在机场边上，那个机场由军用转成民用后，每一次坐飞机回去，落地的刹那，舷窗外的情景都瞬间穿越一般，可以看见小时候我和妹妹一边一个，坐着姨父的独轮车去赶集，还有再大一些，我和表姐在机场的草地上吹蒲公英的样子。

而我的新疆，西北高远天空的云朵仿佛灵魂的伴侣，无论走到哪里，只要抬头总能寻到它的踪影。还有每年春天，天山雪融化汇集的水流入乌鲁木齐河。离开新疆之后我再也没有吃到过比那更好吃的羊肉串，没有吃到过比那更好吃的葡萄，再也没有在书店里站着读完一本诗集。中学的同学还有联系，微信群、QQ群组了一个又一个，一想到他们，远在天边又近在咫尺。

心安即故乡，我一直这样安慰自己。直到上小学的天天有一次写作文《我的家乡》，他稚嫩的笔触写道：我的家乡是济南，她有美丽的大明湖、趵突泉和千佛山。那满篇理所当然又理直气壮的语气，让我羡慕和感动着。

陪他在大明湖坐过船，在趵突泉观察泉水喷涌的样子，争论它的形状更像一把透明的伞还是一朵盛开的花；陪他登千佛山，山道两边的石板，不知被多少代孩子当成滑梯磨得发亮，里面也有他屁股的一份功劳。陪他长大的过程中我终于恍然，也许父母的迁徙，就是为孩子创造一个故乡。

当年父母为生活所迫远走新疆，而我大学毕业后到山东安家落户，16岁的天天远渡重洋赴美求学，虽然高中三年换了三个学校，但最终进入了他心仪的大学。他也开始明白，并非下一个选择是最好的，而是每一个选择都要承受它全部的好与不好。

如果天上有一个人，他大概能很清楚地看到这样的轨迹。经历和足迹交织成大街小巷，上面还摞着密密麻麻的房子。放大比例，总能找到似乎标记了什么的小箭头，箭头下面的每个地方，藏着一个人的前世今生。

人生无法剧透，只是冥冥中，仿佛一切有时。

有的人没上过大学，却在18岁就找到了热爱的事；有的人一毕业就找到好工作，赚很多钱，却过得不开心；有的人在16岁就清楚地知道自己要什么，但在26岁时改变了想法，我们只能按自己的节奏走，25岁后才拿到文凭，依然值得骄傲，到了30岁还不结婚，但过得快乐也是一种成功，35岁之后成家也完全可以，40岁买房也没什么丢脸的，不要让任何人扰乱你的时间表，爱因斯坦曾经说过：不是每一件算的出来的事，都有意义，也不是每一件有意义的事，都能够被算出来。

每一个人的一生代表一条他向他自己拟定的路途，代表一个在这样一条路上走的努力，代表一条路途的启示。没有一个人曾经完全地发挥自己，可是每一个人却都尽他的能力去做。

在电台工作了九年之后进入报社，仍然保留了当年的习惯，一个是给自己一个deadline，逼一下自己。就像每一次上节目，不管有多么不安，多么紧张，但是到了上场的时候就一定要上场。还有就是喜欢在节目的开场聊几分钟，从听过的一首歌、新买的一件衣服、去过的一个地方说起……丝毫不造作地表现自己的感情，生活总是这样，有可爱的地方，也有令人失望的地方，承认这些，才可以用宽容的态度来对待。那些坐在夜晚封闭的直播间里的日子，和对面看不见的听众交流，我一直觉得声音里有条秘密通道，电波在空中划出无数条轨迹，经由耳朵，可以直抵心灵。

节目的开场白后来变成了报纸上的编辑手记，由声音转为文字，不变的还是从自己的经历荡开话题，一字一句地编织，并不是全部都和写作相关，并没有达到手记"导读又导写"，从而使读者得收益，作者受启发。有时会"顾左右而言他"，只是一种个人的了悟，或者只是想为读者创造一种读文章的氛围。就像你在树阴下阅读，我为你送来一缕微风，你在月光下静坐，我给你树叶的沙沙声。

写手记的过程中，著名作家刘玉堂先生给了我莫大的鼓励，他肯定我"善于用自己的生活细节穿插其间，用一些看似无关的随想将其拢到一块儿"。他是我的忘年交，更是人生道路上的导师，和他的每一次相聚，都仿佛是"流动的课堂"，听他灵感频现地侃侃而谈，不知不觉间一点一滴地收获了他的"文学回忆录"。

为了鼓励这本书的出版，他早早写好序言，却没能看到这本书的样子。

2019年5月28日晚，他在睡梦中安然离世，像传说中的神仙毫无征兆地消失，徒留我们这些凡人站在原地，目瞪口呆，难以置信。

在他辞世前的几个小时——上午，和老家来人商谈文学馆筹建情况，并捐赠了首批图书。中午，或许是为了庆祝一下，约我们几个朋友一起小聚。席间，他建议家乡的领导，等文学馆建成了，一定要多搞活动，千万不要让它变成摆设。还对几个他眼中的"小朋友"说，你们都要去讲课的；嘱咐山东工艺美院的焦教授为文学馆刻一方印；要济南出版社的戴总给他留200套即将出版的新书送人，费用从版税里扣；对农村大众的刘秀平说，你们不是在搞征文吗，我写了一篇《火车开进沂蒙山》，就差个结尾了……

一切如常。他满头白发，如雪如银，声音洪亮，谈笑风生。临走，他和我们每一个人挥手，像往常一样殷殷叮嘱："大家都要好好的啊！"

竟是永远……

面对死亡，哀伤不难承受。难受的，是如何安顿难以安顿的，如何迎对消失。

三岁时的天天曾经问我，姥爷去哪里了，怎么还不回来？我说，他去了"忆星球"，以后……我会去那儿，再以后你也会去那儿。我宁愿相信刘玉堂先生也去了"忆星球"。更何况，死亡从来都不是永别，忘记才是。

没有鼓励、爱和周围许多人的支持与配合，就没有这本书的最终呈现。

感谢报社领导特别是赵念民总编允许我在版面上开这样的一个小小的"窗口"；感谢一直支持丰收副刊的作者、读者；感谢身边的朋友、同事给我鼓励；感谢家人，他们是我最坚强的后盾和"铁粉"；感谢山东教育出版社的刘东杰社长抬爱，感谢责编李红选择天天和我的画作为插图。

感谢感恩自己所经历的一切。冥冥中，一切有时。